Adriana Prado Vazon

Procura-se uma mãe para meus filhos

Preparo de originais: Gabrielle Antunes
Revisão: Denise Himpel
Diagramação: Luisa Bruno
Capa: Fernanda Ferreira

Catalogação na publicação
Elaborada por Bibliotecária Janaina Ramos – CRB-8/9166

V393p

Vazon, Adriana Prado

Procura-se uma mãe para meus filhos / Adriana Prado Vazon. – Rio de Janeiro: Ases da Literatura, 2023

149 p., il.; 14x21 cm

ISBN 978-65-54281-59-1

1. Romance. 2. Literatura brasileira. I. Vazon, Adriana Prado. II. Título.

CDD 869.93

Índice para catálogo sistemático

I. Romance: Literatura brasileira.

www.asesdaliteratura.pt

Adriana Prado Vazon

Procura-se uma mãe para meus filhos

NOVOS
ASES

É com muita gratidão que dedico essa obra ao meu esposo, sempre foi a pessoa a me incentivar na escrita. É em virtude dele que escrevo.

PREFÁCIO

Nos dias atuais há um mundo virtual, portanto, os relacionamentos também podem existir por lá. A história a seguir mostra pessoas tentando recomeçar suas vidas com a ajuda de um aplicativo de relacionamento. É tudo novo e desafiante para os personagens, mas seja no real ou no virtual, o que todos querem é acertar. E com Gael e Larissa as coisas não são diferentes, a intenção deles é reconstruir a família e ser felizes. Resta saber se esse é o caminho. Essa história trata de duas pessoas bem diferentes que estão no mesmo momento de vida, necessitando esquecer o passado e dar chance a um novo futuro. Boa leitura.

SUMÁRIO

CAPÍTULO 1 - 07 DE JUNHO DE 2018

Dia 07 de junho de 2018, depois do trabalho Gael foi ao supermercado. Estava correndo para a fila do açougue com seu carrinho cheio das compras do mês. Já era tarde e ainda, naquele dia, precisava ajudar na tarefa escolar de sua filha Melina de oito anos que estava na casa da avó materna enquanto Leonardo, o filho caçula de dois anos, estava com ele, quando, de repente, o carrinho colide, por trás, nas pernas de uma pessoa.

O pai de Leonardo estava todo atrapalhado, aflito com o incidente, retratou-se dizendo:

— Perdão! Estou atrasado, correndo contra o tempo e não te vi. Você se machucou?

A pessoa atropelada era uma moça de cabelos compridos, ondulados e castanhos. Ela olhou para Gael, fez uma cara feia e disse:

— Não perdoo, machucou. Presta mais atenção quando estiver próximo a outras pessoas. Você acertou meu tendão de Aquiles, quase me derrubou ao chão. — A mulher estava furiosa.

Engasgado e envergonhado pelas palavras que saíram da boca daquela mulher, Leonardo respondeu:

— Sinto muito pelo ocorrido, numa próxima vez terei mais cuidado.

A mulher não satisfeita, irritada, revidou:

— Espero que sim, mas eu prefiro não mais encontrá-lo por aqui.

O pai atarefado olhou fixamente para ela, pensando a mesma coisa, porém, achou melhor não responder.

Ela o encarou novamente com a face de poucos amigos e saiu, deixando as compras ali mesmo.

Gael pediu a carne e foi ao caixa, saiu e passou na casa da sogra para pegar a filha. Foram para casa.

Depois do banho, Melina jantou a sopa que Maria, a ajudante do lar da família Siqueira, deixou pronta. Depois fez a tarefa escolar do dia com a ajuda do pai.

Enquanto Melina jantava, o pai deu banho no filho e o colocou para dormir. Após a ajuda com os estudos, Melina vestiu o pijama, escovou os dentes e foi para a cama.

O pai entrou no quarto e leu um pouco do livro favorito da filha, *O pequeno príncipe*. Após a leitura abraçou-a e beijou-a, deu boa-noite, apagou a luz e quando estava saindo, a filha fez a seguinte pergunta:

— Papai, por que a mamãe foi para o céu? — Gael voltou, acendeu a luz, sentou ao lado da filha e respondeu:

— Porque o papai do céu precisa dela lá com ele, para ajudar as pessoas que estão precisando de cuidados.

— Mas, pai... A mamãe poderia ficar aqui e também ajudar — falou a menina.

Gael olhou para a filha, sentiu um vazio, um aperto grande no peito e disse:

— Lá no céu há muito mais pessoas precisando dela. E como ela é uma pessoa muito boa, ela foi.

— Foi ser enfermeira lá no céu? — perguntou a menina.

— Sim, foi ser enfermeira lá no céu — respondeu o pai. Deu um beijo na filha e saiu.

O pai não se estendia muito na conversa porque era doloroso para todos. Foi para o banho e, como sempre acontecia, chorou no chuveiro. Há seis meses o pai se permitia chorar no chuveiro.

***

Dia 07 de junho de 2018, Larissa acordou cedo, tomou um banho, tomou seu café e foi trabalhar. Ela é dentista e tem uma clínica em um bairro próximo ao centro da cidade. Nesse dia, ela atendeu uma paciente que ocupou todos os horários do período da manhã.

Quando terminou o atendimento ela ligou para o marido. Ele estava fora da cidade devido ao trabalho. Ela avisou que passaria, depois do almoço, no laboratório para pegar o resultado dos exames.

Larissa foi almoçar num restaurante próximo da clínica, chegando lá encontrou a amiga, Marta, que tinha terminado um relacionamento de três anos e estava muito desiludida com a vida. As duas sentaram para conversar enquanto almoçavam.

Marta contou que iniciou terapia porque estava muito triste e não aceitava muito bem o término e a nova vida, mas estava melhorando com ajuda da psicoterapia.

A dentista comentou que era normal essa fase e que com o tempo as coisas se ajeitariam. "Sempre depois da tempestade, vem o arco-íris", disse Larissa. Terminaram o almoço e combinaram de fazer alguma coisa no final de semana.

Quando a dentista estava saindo para ir ao laboratório, uma paciente ligou desesperada porque estava com uma dor muito grande e precisava de atendimento. Larissa voltou ao trabalho.

A paciente chegou e com ela levou a filha, o filho e o marido. Larissa atendeu a família inteira. Acabou saindo tarde da clínica, mas conseguiu pegar os laudos dos exames.

Os planos mudaram e agora a ideia era comprar algo para o jantar no supermercado próximo ao laboratório e depois ir para casa. Seu marido estava chegando de viagem.

O lugar estava cheio, pegou alguns legumes e folhas verdes para a salada e foi até o açougue. Ela pensou em fazer um bife com legumes e salada, talvez também um purê de batatas.

Enquanto aguardava sua senha ser chamada, Larissa resolveu abrir o resultado dos exames, estava muito ansiosa para esperar chegar a casa.

Larissa percorreu os olhos na folha até o final e lá leu o que ela nunca gostaria de ter lido: INFERTILIDADE IRREVERSÍVEL. Ela era estéril, não poderia ter filhos.

Um milésimo de segundo após a leitura, a visão ficou turva, ela já não ouvia nada e lágrimas escorreram pela face. Ela sentiu uma descarga em suas veias, deixando-a petrificada.

Na cabeça, passou o filme de sua vida em uma fração de segundos e todos os seus sonhos foram derretidos nesse mesmo instante. Estava imóvel, sem saber o que faria depois dessa revelação. Nesse momento, no meio desse caos de sentimentos, também sentiu uma pressão nos tendões de Aquiles e quase caiu.

Atordoada, olhou para trás e viu um homem com um carrinho cheio e a cabeça baixa. No segundo depois, o mesmo homem percebeu o que tinha acontecido e falou com Larissa pedindo perdão pelo ocorrido.

Sem perceber e em transe por toda aquela situação, Larissa falou algumas palavras para o homem e saiu do supermercado. Estava tão desesperada que deixou todos os produtos no carrinho e correu para o estacionamento. Entrou no carro e chorou, chorou desesperadamente por quinze minutos.

Larissa chegou à casa, Rafael já estava e os dois tiveram uma conversa difícil.

Os dois se conheceram, namoraram durante dez anos e estavam casados há cinco. O casal tentava engravidar e agora Larissa soube que o problema de não conseguirem é só dela. Os exames dele estavam normais.

A esposa mostrou os laudos para o marido e começou a chorar. Rafael tentando acalmá-la disse que não precisavam de filhos, que era melhor desse jeito, que eles poderiam aproveitar a vida, não teriam choro na cabeça, merda para limpar e muito menos preocupações, além de todo custo monetário envolvido.

Larissa ficou perplexa com as palavras do marido e ainda mais nervosa. Disse que a gravidez era o sonho da vida dela, o que ela mais queria na face da Terra, que a vida dos dois não estava legal e que o filho viria para acrescentar, para colorir a vida cinza que tinham.

Rafael discordou e alterando a voz perguntou:

— Então você acha que a nossa vida é cinza, sem graça? É isso o que você está dizendo? — E continuou: — Se está desse jeito, um filho irá estragar mais ainda, irá piorar a situação. Você acha que vai consertar alguma coisa com um filho? — perguntou Rafael.

Larissa disse que não teria como estragar mais do que já estava.

— Eu não quero consertar nada, eu só quero um filho, alguém para amar e me amar. Eu só quero ser mãe — ela gritou.

O marido também falou alto:

— Você tem razão, está péssimo. E quanto a amar, você não me ama. Falando desse jeito você não me ama e acha, na sua cabeça, que eu também não te amo.

— Então o que estamos fazendo juntos? Se estiver tão horroroso assim, vamos nos separar. — E complementou dizendo: — Ainda não desfiz minha mala, vou aproveitar e vou para um hotel, não aguento mais essa situação.

Larissa o olhou, concordou e foi para o banho chorar. Há seis meses o casamento não estava bem e Larissa chorava escondida.

Pela manhã ela ligou para Rafael chamando-o para conversar. Ele já estava fora da cidade e nem se deu ao trabalho de avisar. Larissa foi trabalhar desolada.

***

Gael acordou, levantou e foi tomar banho, vestiu a roupa e quando foi pegar o celular, notou a data e viu que eram oito de junho. No dia anterior foi seu aniversário, não cogitado e lembrado por ninguém, nem por ele próprio.

Veio ao pensamento esses seis meses de sofrimento e luta que transformaram sua vida. *Dessa maneira não há lugar para comemorações*, foi o que pensou em seguida.

Saiu do quarto e acordou o pequeno Leo, esperou Maria chegar para ficar com Melina e levou o menino para a escola. A criança estuda em período integral.

No caminho para a loja, Gael se lembrou da moça do supermercado e da maneira como foi mal-educada. Sentindo um repúdio ao reviver o acontecido e no mesmo momento pensou, *esse foi meu presente de aniversário, a falta de empatia e educação de uma estranha de mal com a vida.*

O pai estava se sentindo sobrecarregado e, ao mesmo tempo, tendo que lidar com o luto e a nova vida junto aos filhos. O descontrole da mulher no supermercado trouxe à tona os sentimentos de um marido que viu os sonhos desabarem com a morte prematura da esposa, deixando-o com os filhos pequenos.

Gael chegou ao trabalho. Ele é arquiteto e proprietário de uma loja de materiais de construção muito grande e conhecida na cidade e região. Seu pai fundou a loja, trabalhou por quase cinquenta anos e faleceu há três anos. Agora Gael, filho único, é o proprietário. Sua mãe já havia falecido um ano antes do pai.

Seis meses antes, em 03 de dezembro de 2017, sua esposa Karina faleceu aos vinte e nove anos, deixando dois filhos pequenos. Karina estava doente há um ano, quando descobriu um câncer de mama. Ela era a irmã mais nova de duas irmãs.

Desde então, Gael tenta ser um super pai, com a ajuda de Maria e da família da esposa, a sogra dona Mirtes, a cunhada Cinthia, o sogro senhor Otávio e o cunhado Otaviano. Karina tinha dois sobrinhos, o Thiago de catorze anos e o Frederico de dez.

Como a família de Gael é pequena, ele foi adotado e adotou a família da esposa como sua e todos se dão muito bem. Eles são o grande suporte para o pai viúvo.

Gael ligou para Maria para saber se estava tudo bem e, dois segundos depois de desligar, sua sogra ligou se desculpando sobre não ter se lembrado do aniversário.

Dona Mirtes desejou muita saúde e longos anos para ele e toda a família. Ele logo respondeu que não tinha razões para comemorar e o esquecimento de datas comemorativas seria o melhor a acontecer.

A sogra, mesmo de luto pela filha, ainda teve forças e soube consolar o genro dizendo que ele tinha uma linda família e tudo seria ótimo no futuro. Os filhos cresceriam bem e seriam muito felizes. Acrescentou dizendo que o genro arrumaria uma nova companheira e a família seria muito feliz com a nova integrante.

O genro da dona Mirtes estava muito machucado para querer qualquer outra coisa, a não ser afogar as mágoas no trabalho e cuidar dos filhos.

Depois do papo, Gael saiu do escritório e foi para o *showroom* da loja, observou o movimento dos clientes e um deles lhe chamou a atenção. Firmou o olhar e reconheceu o amigo Gustavo.

Gustavo era de outro estado e estudou na mesma universidade de Gael, os dois eram do mesmo time de vôlei. O amigo fez medicina veterinária e se mudou para a Espanha. Perderam o contato.

— Oi, Gustavo, tudo joia, lembra-se de mim? — cumprimentou o amigo. Gustavo olhou, se surpreendeu, abriu o sorriso e deu um abraço em Gael.

— Quanto tempo! — exclamou Gustavo.

O amigo respondeu:

— Muito tempo, quase quinze anos. Como você está, onde mora? Lembro que você foi para a Espanha. Ainda está por lá?

Gustavo disse que tinha regressado ao Brasil e estava reformando uma casa que acabara de comprar e iria morar próximo dali. Ele havia se casado na Espanha há dez anos, mas o casamento acabou há dois.

Seu pai faleceu e ele voltou para ficar com a família. Os pais tinham comprado fazendas na região e por esse motivo Gustavo voltou. Vai ser o responsável pelos animais das duas fazendas do clã. Além de Gustavo, também tinha o irmão para ajudar a administrar os negócios.

Gael perguntou se ele tinha filhos, Gustavo negou. Havia somente uma sobrinha de oito anos, filha desse irmão, chamava-se

Rebeca. O pai de Melina falou da filha e disse que as duas meninas poderiam ser amigas. Gael até disse que se precisasse de indicação de escola, ele ajudaria com a escola de Melina. E os dois subiram para o escritório para continuarem a conversa.

O viúvo contou ao amigo sua situação, explicou que a vida não estava muito feliz e que tinha se transformado num filme tipo drama mexicano, com muitas lágrimas e dificuldades. Gael frisou que a prioridade eram os filhos e estava tentando dar conta de tudo.

Gustavo se solidarizou com o amigo, porém falou que era uma fase ruim e que fases passam e dão espaço para outras. E que sempre atrás de um período ruim chega outro muito bom. Essa era a versão do amigo de longa data.

Os dois conversaram por quase duas horas e se comprometeram a nunca mais perderem o contato. Gael ajudaria com a escola de Rebeca e a reforma da nova casa do amigo; e também do irmão de Gustavo, Francisco.

***

Larissa foi à clínica, atendeu um paciente que estava marcado há muito tempo e depois foi até a casa de sua mãe.

Mãe e filha eram muito amigas e a mãe sabia de tudo da vida da filha. A única divergência era o casamento da primogênita. Dona Ângela nunca se deu muito bem com o genro, ela sempre o achou muito egoísta, porém a filha sempre confiou plenamente em seu pretendente.

Larissa conheceu o marido quando foi ao cinema com sua amiga. Um menino muito bonito comprou a entrada do cinema e a perdeu no momento em que foi pegar pipoca, a garota achou o bilhete no chão e o entregou para o dono. Desse dia em diante, ficaram amigos e depois começaram a namorar. Ela tinha quinze anos e Rafael dezesseis.

O namoro foi longo, dez anos, nesse tempo cada um foi para um lado estudar. Rafael fez administração de empresas e Larissa odontologia. Cinco anos namorando e morando em cidades diferentes. Depois mais cinco até se acertarem e realmente se casarem.

Entretanto, Rafael era sempre ausente devido ao seu trabalho, ele era representante comercial de uma grande empresa de carne e sempre estava viajando.

Dona Ângela nunca achou que Rafael realmente colocava Larissa como prioridade em sua vida. A filha sempre estava sozinha, o companheiro sempre tinha algo a resolver, menos as coisas do casal.

A esposa de Rafael sempre cogitou ter filhos e o marido sempre se esquivava. Para Ângela, a filha sempre teve muita paciência, levou o relacionamento aos trancos e barrancos e nunca se colocou em primeiro plano e ainda está nessa mesma vida há quinze anos.

Numa tentativa de melhorar a vida a dois e realizar seu sonho de ser mãe, Larissa bateu o pé e resolveu que era hora de ter um filho. Ela exigiu do marido os exames e avisou que o sonho de ser mãe não seria mais adiado.

Larissa contou para a mãe que abriu o resultado dos exames e que não acreditou no que leu.

— Mãe, eu estava no supermercado, estava muito ansiosa e ali mesmo eu abri o envelope — disse Larissa. E continuou: — O meu mundo caiu, eu não ouvi mais nada, não vi nada. Morri. E agora, o que faço? — perguntou a filha, em lágrimas.

A mãe a abraçou e disse que isso não era o fim do mundo,

que filhos poderiam vir de outra forma, de outra maneira. Larissa falou que sempre sonhou com sua filha ou filho em seus braços e que agora nada importava.

— E ainda tem mais, eu e o Rafael brigamos novamente, ele disse que vamos nos separar. Foi viajar sem falar comigo e dormiu em um hotel.

A mãe olhou e disse:

— O Rafael nunca foi homem para você. Separação é o que você tem que fazer. Larissa, meu amor, você é tão bonita, tão jovem, tão competente profissionalmente, o que te prende a esse sujeito? Por que há essa dependência emocional gigantesca? Pelo amor de Deus, deixe-o ir. Peça a separação, vá para a terapia e depois vá sair com suas amigas. Você tem trinta anos e muita vida pela frente — falou Ângela.

— Mas a senhora não está entendendo, eu não posso ter filhos — falou Larissa, ainda chorando.

Ângela respondeu:

— Meu amor, tudo nessa vida tem um propósito, se Deus permitiu isso a você, aceite, é assim que deve ser. Mas lembre-se de que, vindo de Deus, sempre há algo melhor lá na frente. Isso é certeza.

O celular de Larissa tocou, era uma paciente fiel e antiga, dizendo:

— Larissa, minha dentista preferida, tenho uma amiga que precisa de você e também quer levar a neta para uma consulta, me perguntou se eu conhecia algum dentista bom. Eu disse que sim, mas não era ele, e não era boa, era ótima. — Larissa riu e agradeceu.

E a paciente continuou:

— Essa amiga me questionou se você atende crianças, como

eu não sabia, resolvi te ligar para perguntar, preciso responder para ela.

— Claro! Faça assim, vou marcar para a próxima sexta-feira no período da manhã, pode ser? — perguntou a dentista.

— Combinado — falou a paciente.

Larissa desligou e abraçou a mãe.

— Eu te amo, mas não sei se consigo fazer isso.

— Consegue sim, você vai mudar de vida. É isso que você deve fazer. É isso que Deus quer, ele quer você feliz. Esse tempo com o Rafael nunca foi feliz, ele também não é feliz, ele é acomodado, pode ter certeza — falou Ângela.

Larissa voltou ao trabalho.

***

Gael teve uma tarde mais calma, a conversa com seu amigo da universidade deixou o dia mais leve. Ele saiu da loja e foi pegar os filhos. Passou primeiro na escola do menino e depois pegou a menina.

Na volta para casa, Gael perguntou a Melina como foi o dia e se tinha alguma novidade. Ela disse ao pai que a avó ligou e disse que as duas irão ao dentista. E que será na sexta-feira. O pai achou ótimo.

— Mas eu tenho medo de dentista — disse a menina.

— Não precisa ter medo, com certeza a vovó irá te levar num dentista muito bom. Você vai adorar — disse Gael para a filha.

CAPÍTULO 2 – RENASCIMENTO

O almoço de domingo vai ser diferente para a família Gael Antônio Siqueira, ele e sua família irão almoçar na fazenda do clã de Gustavo.

No sábado, Gustavo ligou convidando-o a fazer algo diferente e ir com as crianças para um almoço na fazenda, debaixo das árvores, com comida direto do fogão a lenha. Gustavo disse que o amigo precisava renascer e que se não fosse por ele, seria pelos filhos. Não poderia passar a vida dentro de casa lamentando o que já não existia mais.

Gael, esquivando-se do convite, tentou argumentar que domingo costumava ir almoçar na sogra e que esse não seria diferente.

Entretanto, o amigo era esperto e conseguiu convencer o pai de família a fazer um final de semana diferente, falou da sobrinha que já sabia de Melina e queria conhecer a nova amiguinha. Falou que as crianças tinham o direito de se divertirem. Gael não teve como recusar. Para ajudar Gael, Maria o acompanhou.

Maria viu Melina nascer e desde então acompanha a família. A funcionária é muito amiga da mãe de Karina e sempre cuidou dos "Siqueira" com muito amor e carinho. Era o braço direito de dona Mirtes e, após o nascimento da menina Melina, passou a ser os dois braços de Karina.

Karina era enfermeira, sempre dava plantões e Maria cuidava da casa e das crianças. Todos a adoram, as crianças são apaixonadas pela funcionária e amiga da família.

A família chegou à fazenda por volta das onze horas e foi recebida pela matriarca, a senhora Carmem. Carmem era a mãe de

Gustavo, Francisco e Clarice, a única que não estava presente.

Quando Rebeca viu Melina, instantaneamente ficaram amigas e para a surpresa da filha de Gael, a sua nova amiga também seria amiga de sala de aula.

A mãe de Rebeca é Celeste e ficou encantada com Leonardo, passou o tempo todo ao redor do menino, mesmo tendo Maria como babá.

Francisco já tinha se encontrado com Gael algumas vezes, na época da universidade.

Todos comeram uma comida simples e muito bem feita, de sobremesa tinham muitas frutas e sorvete para as crianças.

Conversaram bastante, as meninas andaram a cavalo e brincaram o tempo todo. No final da tarde ainda teve pão caseiro e café coado na hora.

Foi uma tarde deliciosa que Gael, há muito tempo, não experimentava. As crianças adoraram.

Os anfitriões eram ótimos, o papo era gostoso e saudável, a comida, sem comentários, perfeita. A vida realmente parecia que renascia. Foi um **renascimento**, como tinha dito Gustavo sobre renascer.

O almoço se estendeu até a noite e os dois amigos conversaram por muito tempo. Gael se abriu com o amigo e contou como era sua vida antes e depois do sepultamento da esposa.

Gael e Karina se conheceram na escola e foi numa ida ao cinema que começaram a namorar. Gael vinte anos e Karina quinze anos. Desde então, estavam juntos, sempre juntos.

Namoraram cinco anos e se casaram. Gael estava com vinte e sete e Karina com vinte e dois anos quando foram pais de Melina. Leonardo veio depois de seis anos. Karina faleceu deixando a filha com sete anos e o filho com um ano de idade. Gael tinha trinta e cinco anos. A vida toda eles foram apaixonados.

Gustavo contou de sua vida, saiu da universidade, conseguiu um curso na Espanha e partiu. Lá conheceu Sarah, namorou e casou. Não deu certo, foi feliz, mas ele sempre soube que ela não era a mulher da sua vida.

Gustavo mostrou ao amigo que tinha acabado de entrar num aplicativo de namoro chamado "Procura-se" e que seria interessante ele fazer o mesmo.

Gael evadiu-se dizendo que ainda não seria o momento, ainda não haveria espaço para outra pessoa em sua vida.

Gustavo concordou, mas disse que terá um dia que ele não irá suportar ficar sem carinho e sem sexo. Eram homens e que sexo é fundamental para a vida, principalmente para um homem saudável.

Ele explicou que o aplicativo não era igual aos vários outros existentes, onde as pessoas não querem nada sério. Era um aplicativo novo, para pessoas que realmente estão em busca de algo sério e concreto.

Para entrar e participar tem que ser convidado e, além disso, preencher um questionário para análise. Era quase como deixar sua vida naquele papel e ainda ser aprovado para entrar no grupo seleto de membros disponíveis ali dentro.

E fez uma brincadeira dizendo:

— Ainda bem que há mais mulheres do que homens solteiros. Temos mais opções.

Gael deu um sorriso e negou o convite.

Gustavo aceitou a resposta do amigo, entretanto fez uma ressalva dizendo:

—Você não vai entrar ainda, mas deixo o convite aberto até o momento em que você mudar de ideia para essa experiência. É o jeito mais certeiro de conhecer alguém. Esse aplicativo é para pessoas que não querem perder mais tempo na vida, que precisam acertar e não querem e/ou não podem mais errar.

— Gael, esse é o seu caso. Você tem filhos que precisam estar próximos de uma pessoa e essa pessoa deve ser a melhor possível. Você precisa desse aplicativo, por isso, não vou desfazer meu convite, estará aqui quando você estiver pronto.

Gael sorriu, concordou e disse:

— Preciso ir, vou pegar as crianças. Essa semana você precisa ir à loja escolher os pisos. Muito obrigado pela recepção calorosa, pelo dia incrível que mudou o semblante dos meus filhos, eu agradeço de coração.

A família se despediu de todos, agradeceram muito e foram para a casa.

***

Larissa acordou no domingo de manhã e realmente pensou que se não acordasse não seria problema, sua vida estava um caos. No dia anterior, seu casamento tinha acabado, seu marido retornou de viagem e os dois sentaram, conversaram e terminaram o relacionamento de quinze anos.

O casal admitiu que a vida dos dois juntos estava falida há anos, vivendo no automático, sem cuidado e sem carinho um com o outro. Eles estavam acomodados e sem coragem para o término, afinal era mais de uma década de convivência.

Depois da conversa, Larissa deixou o marido para fazer as malas e saiu. Foi para a casa da mãe e só voltou no início da noite, quando Rafael enviou mensagem dizendo que já tinha desocupado o imóvel.

Larissa tomou um comprimido para dormir e apagou, acordando depois de doze horas.

Dona Ângela ligou e chamou a filha para o almoço, Larissa disse não, preferiu ficar em casa. A mãe, preocupada, falou que ela deveria agradecer porque ela renasceu para a vida, saiu de um relacionamento tóxico que só fazia mal a ela.

Larissa, no fundo, sabia que a mãe tinha toda a razão, no entanto, romper o vínculo e a dependência que ela sempre teve com o esposo era muito difícil e doloroso, afinal não eram quinze dias, eram quinze anos.

O celular tocou. Era Marta chamando Larissa para almoçar, o convite foi recusado. Marta não desistiu e se ofereceu para ir até a casa da amiga desolada para cozinhar:

— Eu vou até sua casa e faço um macarrão maravilhoso, eu deixo você escolher o molho, vermelho ou branco, você decide.

Larissa sorriu e com muita pouca vontade, mas agradecida pela amiga que tinha, concordou.

A campainha tocou, eram onze horas. Marta trouxe vários ingredientes para a amiga escolher o que fazer.

Enquanto Marta preparava o fettuccine com molho branco, bacon e brócolis, Larissa bebericava uma taça de vinho branco. E assim as duas começaram a conversar.

As amigas conversaram muito. A dentista expôs toda uma vida de relacionamento. Conforme ela contava, pôde perceber que realmente perdeu muito tempo numa vida que não lhe pertencia.

Rafael era uma boa pessoa, mas não era o homem certo, eles nunca tiveram objetivos em comum, estavam sempre em pontos opostos.

Nesse momento, a ex-esposa entendeu que ela perdeu um tempo precioso tentando se encaixar numa relação que não lhe cabia. Ficou chocada.

Marta disse:

— Imagina agora que hoje é seu **renascimento,** você acabou uma fase ontem e renasceu para outra hoje. Igual *Fênix* que renasce das cinzas. — Larissa deu um sorriso e concordou.

— Ahhhh! — exclamou Marta. — Lembrei-me de uma coisa, vou pegar o celular e te mostrar — falou a amiga.

Larissa ficou curiosa.

Marta veio e apresentou à amiga um aplicativo chamado "Procura-se".

— Entrei ontem nesse aplicativo, uma amiga me convidou. É um aplicativo diferente porque as pessoas aqui estão procurando um relacionamento sério, não é sexo, é comprometimento. Você só entra se for convidado e mesmo assim, sua ficha é avaliada para ter certeza que você realmente está querendo um relacionamento sério para namoro e depois casamento.

— Vou te convidar — falou Marta.

Larissa achou aquilo muito estranho, afinal nunca tinha ficado solteira e sua solteirice tinha começado naquele momento.

— Martaaaa!!! Não estou pronta para nenhum relacionamento, estou em frangalhos — retrucou a amiga.

— Eu sei, mas daqui a pouco você estará inteira e vai poder entrar — respondeu Marta. E continuou: — Vou deixar seu convite aberto até esse dia chegar. Você mesma falou que depois de uma tempestade há sempre o arco-íris.

Concordou, muito timidamente com a cabeça, e foram almoçar a massa deliciosa que tinha acabado de ficar pronta.

CAPÍTULO 3 - STRESS

Larissa acordou e viu que tinha uma ligação de seu advogado, ficou preocupada, retornou. Seu ex-marido entrou com um pedido de aluguel, em razão de ela continuar morando na casa que pertence aos dois, e sendo assim, ela deve pagar metade do valor de um aluguel para a outra parte.

O especialista disse que não poderia fazer nada, pois Rafael estava idôneo no seu pedido. Larissa não esperava por isso e ficou muito desapontada com a atitude do ex.

O conselho do advogado foi que vendessem rapidamente o imóvel para cessar o vínculo, de modo que todos tivessem paz.

Esse sentimento tão sonhado, infelizmente, ela não sabia exatamente o que era, foi justamente isso que ela pensou quando desligou o telefone. Precisava encontrar essa tal paz de espírito.

Larissa não trabalhou pela manhã, por isso acordou um pouco mais tarde, era dia de almoçar com Marta em um novo restaurante longe dali.

Elas precisavam espairecer. Duas amigas recentemente solteiras que necessitavam de novos ares, novos acontecimentos. Combinaram de conhecer lugares novos, fazer coisas diferentes para um recomeço.

Já no trânsito indo ao restaurante, apesar de Larissa evitar ao máximo pensar no aluguel cobrado pelo ex-marido, ela não pôde driblar tais pensamentos, resolveu parar o carro e ligar para Rafael.

Ele atendeu. Larissa, já alterada devido à adrenalina que corria em suas veias, disparou:

— Como você tem coragem de cobrar aluguel de mim?

Combinamos de vender a casa e dividir, agora você vem com essa? Que tipo de marido que eu tinha e nunca percebi?

Rafael, mostrando-se bem calmo, respondeu:

— É mais do que justo, eu saí, você ficou, compramos juntos com o dinheiro do nosso trabalho, o imóvel é nosso. Eu tenho que pagar aluguel ou comprar outro lugar para eu viver. Você está lá, com todo o conforto do mundo e o imóvel é metade meu. Você me paga metade do aluguel, simples assim.

Na cabeça de Larissa ela sabia que não estava errado, mas a decepção com o jeito que foi feito ela não conseguia digerir.

— Por que você não me disse isso antes? — perguntou Larissa.

— Eu não sabia desse detalhe, meu advogado me aconselhou e eu acatei porque é justo — respondeu ele.

Ela bem chateada, falou:

— Você poderia ter conversado comigo antes, então agora, você só trata com o meu advogado, não quero mais ouvir sua voz, não quero me desgastar. — E desligou.

Respirou fundo, ligou o carro e continuou no caminho. A rua era uma descida e ela viu que mais à frente tinha uma obra e o trânsito estava sendo desviado para a esquerda.

Ela, observando de longe, achou melhor se antecipar e virou a primeira rua à esquerda. Era uma viela, porém Larissa estava muito irritada e não percebeu que era sem saída. Ela andou cento e cinquenta metros e a rua acabou.

Ficou ainda mais nervosa, estava atrasada para o almoço. Deu marcha a ré para fazer a volta com o carro e seguir, não percebeu e acertou uma carriola que estava cheia de entulho, empurrando-a. A carriola caiu e ficou presa embaixo do carro. Larissa notou o estrago porque ouviu um barulho estranho.

Era uma casa em reforma. Os profissionais da obra tentaram avisar gritando, mas não deu tempo do dano ser impedido. Ela saiu do carro e quando viu o carrinho embaixo do automóvel, surtou.

O arquiteto, que estava dentro da casa, ouviu o barulho da confusão e saiu para ver o que estava acontecendo.

Gael olhou para a moça e não a reconheceu, ela estava culpando os trabalhadores por deixarem a carriola em lugar indevido, os funcionários retrucaram dizendo que ela estava errada, tinha invadido a calçada.

Quando ela perguntou quem era o responsável pela obra e ele se pronunciou dizendo que era o arquiteto responsável, ela o olhou com aquela cara de desprezo e poucos amigos. Nesse momento Gael se recordou da moça mal-educada do supermercado. Ficou surpreso com aquilo, novamente estava ali com aquela mesma pessoa, numa situação novamente desagradável e tendo que ser polido com uma mulher que não merecia.

Ele retrucou e pediu para ela ir embora, porque havia sido ela que não viu e atropelou o carrinho, além disso estava sendo injusta com os funcionários. Disse também que não iria cobrar pela avaria. Larissa olhou e retrucou:

— Eu que tive prejuízo, eu nem sei como está meu carro por baixo.

Gael pediu para um dos homens olhar como ficou o veículo, o homem acatou e se abaixou para verificar. Pela inspeção estava tudo certo, só havia um arranhão imperceptível.

Larissa saiu cuspindo fogo. Entrou no carro e seguiu viagem, dirigiu mais dez minutos e chegou ao restaurante. Contou o episódio para a amiga e o motivo do nervosismo.

Marta falou que ela deveria vender o imóvel o mais rápido possível, para acabar com esse estresse. A dentista concordou plenamente com a amiga.

As duas comeram, adoraram o lugar, a comida estava ótima. Durante a conversa Marta disse que tinha recebido uma mensagem de um rapaz do aplicativo e estava pensando se iria ou não responder.

Larissa indagou o motivo da dúvida. Marta não soube a resposta, mas pensou e em seguida disse:

— Talvez medo do desconhecido.

— Mas você mesma falou para eu entrar e agora você está com medo? — falou Larissa.

— Você tem toda razão, vou enviar mensagem para ele hoje mesmo e torcer para dar certo — disse Marta.

***

Pela manhã Gael chegou ao trabalho e resolveu alguns problemas de administração e pegou sua agenda de visitas do dia.

Gustavo ligou dizendo que estava com problemas na obra e pediu que ele fosse até lá. O amigo além de comprar todo o material na loja de Gael, ainda o contratou como arquiteto.

Gael atendeu ao pedido. A visita nessa obra não era no dia marcado, mas era uma emergência. Combinou de passar no local antes do almoço.

O arquiteto foi a três obras e depois seguiu para a casa de Gustavo. Chegando lá havia um problema no fundo da casa, a piscina estava com rachaduras e ninguém tinha observado até o momento de enchê-la d'água. O caminhão pipa foi dispensado porque precisavam consertá-la.

Era um estresse tudo aquilo, pois seria um atraso no cronograma da obra em pelo menos mais um mês. O problema não seria tão simples de solucionar, precisariam contratar profissionais qualificados para tal feito.

Gael teve que ligar para o amigo e dar a notícia não tão agradável, afinal, uma obra com problemas consumiria mais tempo e dinheiro. Gustavo acatou as orientações do arquiteto dizendo que não entendia de nada e confiava plenamente no amigo e, por enquanto, ficaria na fazenda.

Depois dos acertos, os dois amigos conversaram mais um pouco. Gustavo falou para o amigo que estava interessado numa moça do aplicativo, enviou uma mensagem e estava esperando a resposta. Foi nesse momento que Gael ouviu uma discussão na frente da casa, teve que desligar. Seguiu para ver o que estava acontecendo.

Chegando lá, deu de cara com uma mulher discutindo com os funcionários da obra. Ele pensou, *mais um stress... Lá vamos nós.*

Depois da confusão, a moça mal-educada já tinha saído, o arquiteto falou que iria ligar e pedir para entregar mais uma carriola na obra. Saiu com pressa para almoçar em casa, antes de a filha ir à escola.

Melina disse ao pai que o dentista que a avó marcou seria para amanhã, sexta-feira.

— A vovó vem me pegar e vai me levar numa dentistaaa, é uma mulher — falou Melina.

O pai disse:

— Que maravilha filha! Mulheres têm a mão mais leve, elas são mais cuidadosas, mais atenciosas... Você vai adorar.

Melina ficou contente.

CAPÍTULO 4 - MINHA DENTISTA PRINCIPAL

Dona Mirtes passou na casa da neta e a levou à dentista, as duas estavam marcadas para a consulta. Entraram na clínica, estavam adiantadas, aguardaram cerca de vinte minutos para o paciente do horário anterior sair e para a sala ser preparada novamente.

Quando Larissa chamou por Mirtes Maria Mendes Garcia, Melina atendeu e disse que era sua avó. A dentista deu um sorriso e disse:

— Então você deve ser a Melina Garcia Siqueira, acertei? — Melina abriu um sorriso e disse:

— Sim, sou eu e vim porque tenho que limpar meus dentes.

— Que maravilha! Vou fazer um trabalho muito bom, você vai gostar — falou, sorrindo para a menina.

A avó foi a primeira das duas. A criança ficou sentada aguardando para se familiarizar com o procedimento.

Enquanto fazia a inspeção na boca da avó, Larissa puxou papo com a garotinha, para a criança ficar mais à vontade e pegar confiança para realizar a limpeza.

— Melina, me conta, onde você estuda, onde é sua escola — perguntou a dentista.

Super descontraída, a menina começou:

— Eu estudo na escola perto da casa da minha vovó e tenho uma amiguinha nova, a Rebeca. Ela não é daqui, faz pouco tempo que ela estuda comigo, o pai dela é amigo do meu pai. Mas o meu irmão estuda em outra escola, ele é muito pequeno.

— Ahhh! Você tem irmão! — exclamou Larissa.

— Tenho, ele é mais novo, nem fala direito. Quando minha mãe foi para o céu, ele nem andava e nem falava — disse Melina.

Larissa ouviu e ficou com pena da garota, engoliu em seco como se nada tivesse acontecido e continuou:

— E você anda comendo muito doce?

Melina respondeu:

— Eu sempre falo para o meu papai comprar e ele é muito legal, ele sempre compra.

— Ai-ai-ai...Vou ter uma conversa com seu papai — falou Larissa.

A avó deu risada e disse para a dentista que o pai era um super pai e estava passando por um momento de readaptação. A verdade era que todos da família estavam passando por essa transformação.

Dona Mirtes contou que o pai era seu genro e sua filha tinha falecido há seis meses, deixando todos desolados. E, com isso, o pai estava tentando dar conta de tudo, do trabalho, dos filhos e do luto dele e das crianças. Falou que o marido da filha sempre foi um homem digno, apaixonado, responsável como marido e como pai e o que ela mais desejava é que ele fosse muito feliz.

— Gostaria que meu genro arrumasse uma nova pessoa o mais rápido possível, ele é muito novo e muito bom para ficar sozinho — falou dona Mirtes.

Larissa ficou super triste com a história e ao mesmo tempo achou esse pai maravilhoso.

Melina adorou a dentista e a nomeou como “minha dentista principal”.

Dona Mirtes adorou o atendimento e disse que vai voltar sempre e com a família inteira.

Larissa agradeceu muito. Melina a abraçou e beijou e foi retribuída com o mesmo carinho. A avó da menina pegou dois cartões de visita e foram embora.

Mirtes almoçou com a neta e depois foram para a escola, na volta passou na loja do genro e entregou o cartão da dentista para ele.

Ele perguntou se estava tudo bem e ela comentou que nunca viu uma profissional tão adorável como aquela moça. A partir daquele momento ela levaria a neta somente lá. Falou para Gael que quando ele precisasse era para ele ir também.

— As duas ficaram muito amigas, a Melina adorou a moça, e não deu nenhum trabalho no momento do procedimento. A profissional sabe lidar com crianças — falou a sogra.

— Mas então eu não posso ir lá, sou adulto — falou Gael.

— Claro que pode, ela também me atendeu, ela atende gente pequena e gente grande, guarda o cartão — falou a sogra.

Gael sorriu e disse:

— Vou guardar e quando eu precisar eu corro lá. Obrigado por ser essa avó maravilhosa para meus filhos. — E se abraçaram.

Mirtes olhou dentro dos olhos do genro e disse:

— Você pode e deve arrumar outra pessoa, eu estou de acordo. Você e meus netos precisam de uma mulher do lado de vocês. Você precisa de uma esposa e meus filhos precisam de uma nova mãe.

Gael olhou desconfiado e respondeu:

— Dona Mirtes, a mãe dos meus filhos é a Karina, não quero mais ninguém no lugar dela.

Mirtes, com todo o carinho, falou:

— Meu filho, Karina sempre vai ser a mãe dos meus netos,

mas eles podem ter outra pessoa. Ninguém vai roubar o lugar da mãe, ela sempre vai estar aqui e sempre será lembrada como a mãe deles, entretanto, vocês três precisam reconstruir a vida. Seus filhos são pequenos, você é jovem, todos precisam continuar. É difícil para todos, mas não quero meus netos sofrendo por muito tempo, nem você. Você sempre foi um marido excelente, é um pai maravilhoso e um filho para mim. Eu quero que você se case novamente e seja muito feliz. E tenho certeza que Deus vai te enviar uma esposa maravilhosa que vai amá-lo e também amar seus filhos como sendo dela. — E continuou: — Eu sou sua mãe, me considero sua mãe, você se considera meu filho e você não nasceu de mim... É isso, é só amor. Sua família feliz me faz muito feliz.

Abraçaram-se novamente e Gael com a voz embargada respondeu:

— Amém, você é ma-ra-vi-lho-sa... Minha mãe!

Gael foi buscar Melina e a primeira fala foi:

— Papai, hoje eu fui fazer limpeza nos meus dentes e agora eu tenho minha dentista principal.

— Nossa! Dentista principal? — indagou o pai.

— É. Ela é linda, ela conversou bastante comigo, ela é muito legal, eu adorei minha dentista principal — falou a menina.

O pai deu risada.

— Papai, ela também deveria ser sua dentista principal — falou Melina.

— Combinado filha, então se ela é tão especial assim, eu também quero que ela seja "minha dentista principal".

CAPÍTULO 5 - PROCURA-SE

E o tempo foi passando, Larissa estava trabalhando cada vez mais, dona Ângela falava para ela desacelerar e curtir mais a vida, mas a filha fez do trabalho sua válvula de escape para fugir dos problemas. O imóvel do casal ainda não tinha sido vendido e por esse motivo o vínculo ainda existia.

Marta ligou para a amiga e disse que estava se comunicando com o seu pretendente pelo aplicativo, mas ainda não tinha coragem de se encontrar pessoalmente. Avisou novamente para Larissa que o convite estava aberto e que ela poderia ingressar imediatamente.

Larissa se esquivou novamente e disse que agora sua cabeça estava somente no trabalho. Homem não estava nos planos, até mesmo porque não haveria motivos para querer outro relacionamento.

Marta falou que ela precisava se dar uma chance, afinal, ela só tinha o Rafael como referência de homem e isso era muito pouco.

— Esse parâmetro não é válido. Não existe métrica somente com uma medida — disse Marta.

Larissa gargalhou e concordou com a amiga. Mas voltou a negar o convite.

No fim de semana, as duas amigas resolveram ir ao cinema e quando chegaram ao shopping faltavam cinquenta minutos para o início do filme, compraram os tickets e foram caminhar pelas lojas.

Entraram numa loja de departamento para olhar as novidades. De repente, Larissa ouviu uma voz de criança gritar:

— Minha dentista principal! Minha dentista principal!

Larissa se virou para o lado e viu Melina com um sorriso lindo vindo em sua direção.

Larissa abaixou ficando na altura da menina e as duas se abraçaram e se beijaram.

— Oi, querida, tudo bem com você? — falou a dentista.

Melina ficou radiante e disse:

— Sabia que você também é a minha dentista principal do meu pai?

Larissa deu risada.

Dona Mirtes veio logo atrás e cumprimentou a mulher. Larissa apresentou Marta para a dupla e conversaram um pouco mais.

Melina chamou Larissa para tomar sorvete e para a alegria da criança, as duas amigas aceitaram. Sentaram-se na sorveteria, cada uma com uma casquinha.

Melina não parou de falar um minuto, contou que o pai disse que Larissa era também a dentista principal dele, contou que o irmão comeu muito chocolate e a boca ficou toda suja. E dentre tudo que ela falou, soltou a seguinte frase:

— Larissa, você quer ser minha mamãe?

Larissa olhou para a menina e congelou, não esperava por essa pergunta.

Dona Mirtes virou para a neta e disse:

— Meu amor, por que você quer a Larissa como sua mamãe?

A neta respondeu:

— Vovó, eu preciso de uma mamãe, minha outra mamãe foi para o céu porque ela é enfermeira e o papai do céu pediu para ela ir cuidar das pessoas que moram lá. — A menina continuou: — A

Larissa é minha dentista principal e ela é tão legal, tão boazinha, ela poderia ser minha mamãe. Ela é boa igual minha mamãe Karina.

Lágrimas escorregaram na face de Larissa e de dona Mirtes.

Larissa respondeu:

— Minha querida, mas o seu irmãozinho e o seu papai também precisam concordar com isso, as coisas não são tão simples. Mas fiquei muito contente com o seu pedido. Eu também adoro você, você é uma menina linda, educada e muito querida.

— Larissa, eu vou falar com o meu papai para ele deixar você ser minha mamãe e depois eu te aviso. O Leo com certeza vai aceitar, ele é pequeno e menino pequeno precisa de uma mamãe — falou a garota.

Larissa não se conteve, as lágrimas rolaram, ela se emocionou muito deixando dona Mirtes preocupada.

Marta perguntou à amiga se ela gostaria de ir até ao toalete para se recompor, Larissa negou e quis falar com dona Mirtes a sós. Marta chamou Melina para ir à praça de recreação, deixando as duas mulheres à vontade.

— Dona Mirtes, desculpe pelo descontrole, mas é que há pouco tempo eu soube que eu não posso ter filhos, sou estéril. Sempre sonhei em ser mãe e agora uma garotinha linda diz que gostaria que eu fosse mãe dela, me deixou muito feliz e lisonjeada e eu desabei.

— Querida, não fique triste, Deus sabe o que faz. Pelo pouco que te conheço, você é uma pessoa maravilhosa e mesmo não podendo ter filhos saídos de sua barriga, você os terá, se os quiser. O que faz uma mulher ser mãe é o amor que ela tem por seus filhos, independente se dela nasceram ou não.

As duas se abraçaram e Mirtes falou:

— Eu concordo com Melina, eu também gostaria que você fosse a mamãe dela.

Larissa sorriu e respondeu:

— Será que o pai iria gostar dessa ideia?

— Eu aposto que sim — foi a resposta da avó.

Dez minutos antes do filme, as quatro se despediram. Melina voltou a dizer que falaria com o pai e foi embora toda feliz com a proposta.

Depois do cinema as amigas foram jantar comida japonesa. Marta enviou uma mensagem para o pretendente que prontamente respondeu.

Larissa quis saber como funcionava o aplicativo "Procura-se". Explicou Marta:

— Se você quiser não precisa colocar fotos porque o intuito aqui é a conexão mais centrada no relacionamento sério, a aparência fica em segundo plano. É claro que você pode enviar fotos se concordar, é permitido, mas é você quem decide. O que é obrigatório colocar é o que você está procurando. Tem que deixar claro o que você espera e deseja encontrar.

Para exemplificar Marta mostrou o perfil dela onde colocou: "Procura-se alguém com gostos e objetivos em comum, principalmente comida japonesa e uma casa no campo."

— Então, aqui você precisa começar a frase com Procura-se, que é o nome do aplicativo. Você coloca o que você quer, é claro que aqui é só uma frase, mas depois você começa a conversar com a pessoa, vai conhecendo, criando vínculo, percebe conexões e assim dá pra saber se irão funcionar juntos ou não. Eu coloquei gostos e objetivos porque acredito que temos que ter gostos e objetivos em comum. Eu gosto muito de comida japonesa e o meu intuito também é ter uma casa de campo, para ir sempre e no futuro morar lá, adoro o mato — explicou Marta. — O que acabou com o meu casamento foi não ter objetivos em comum. Por exemplo, eu não conseguiria estar aqui nesse restaurante com o ex porque ele detesta comida japonesa e eu adoro. Ele nunca gostou de bicho, de fazenda, eu adoro — falou Marta.

— Entendi — disse Larissa.

— Quer fazer? — perguntou Marta.

Larissa ficou pensativa e desabafou:

— Quando Melina perguntou se eu gostaria de ser a mãe dela, me lembrei do meu problema de infertilidade. Também pensei que se eu não der uma segunda chance ao amor, eu nunca vou conseguir ser mãe. Eu poderia adotar uma criança, mas não conseguiria porque não quero ser mãe solteira, acredito que uma criança precisa de um pai. Então, quero casar, achar uma pessoa para começarmos uma vida, pensar no futuro, estruturar um lar e depois, quem sabe, adotar filhos. Sendo assim, eu preciso começar de algum lugar e estou cansada e com preguiça de sair, ir a baladas, nem sei mais fazer isso. Quero sim, pelo menos posso ficar no conforto do sofá da minha casa — falou Larissa, rindo.

Marta pegou o celular da amiga e baixou o aplicativo. Ali mesmo começaram a preencher o formulário obrigatório.

Marta deixou-o salvo para Larissa terminar em casa, colocar o "procura-se". Elas já estavam com muito saquê na cabeça, seria melhor deixar para mais tarde, pois o "procura-se" era a parte mais importante.

Gustavo estava na casa de Gael. Os dois estavam tomando cerveja e comendo alguns petiscos, quando chegou um recado da mulher do aplicativo. Gustavo leu para o amigo:

Estou com uma amiga em um restaurante japonês, um dia vou te convidar para um sushi.

Essa era a mensagem de Marta, a pretendente de Gustavo no aplicativo. Ele logo respondeu:

Vou adorar.

— Gael, você precisa começar a viver novamente, eu estou curtindo esse aplicativo, não precisamos ir com pressa, você leva o tempo que for. Veja, eu estou conversando com a Marta há duas semanas, até hoje nós não nos vimos, ela me enviou uma foto, eu retribuí, mas combinamos de ir devagar. E está ótimo — disse Gustavo. — Faça o mesmo, vá com calma, vá conhecendo, depois você conversa pessoalmente. Tenho certeza que você vai achar alguém legal — concluiu o amigo de Gael.

Gael disse:

— No meu caso é mais complicado, tenho dois filhos e sou viúvo, minha prioridade são as crianças. Pelo menos agora, eu não posso pensar em romance.

— Mas você pode deixar claro o que você quer, as coisas funcionam diferente, você pode realmente dizer o que quer. Você começa com "Procura-se" e já diz o que está procurando. Com o tempo você conversa mais e mais, até encontrar o que procura e só depois parte para o físico, o real — completou Gustavo. — Entre e vá devagar, pode ser quase parando, sem problemas — insistiu o amigo.

— Ok. Vou pensar...Verdade. Vou pensar — Gael respondeu.

Nesse momento dona Mirtes encostou o carro e deixou Melina. A menina entrou e foi abraçar o tio Gustavo e depois beijou o pai. Gael perguntou se o passeio foi bom e a filha respondeu que agora tinha outra mamãe, Gael não entendeu e quis saber o que era ter outra mamãe.

Melina falou:

— Eu encontrei minha dentista principal no shopping e perguntei se ela poderia ser minha nova mamãe. Ela me disse que eu teria que ver com você e o Leo, porque os três teriam que concordar com minha ideia. Diz que deixa, por favor. O Leo fala língua de bebê, então eu digo que ele não sabe falar e você deixa. Está tudo certo.

O pai ficou atônico, não sabendo o que responder.

— Vamos fazer o seguinte, vá tomar banho, escovar os dentes e depois a gente conversa. Eu preciso terminar um assunto com o tio Gustavo e depois quando você estiver pronta para dormir eu vou ao seu quarto — falou Gael. A menina saiu.

Gael olhou para Gustavo e disse:

— Vou fazer o cadastro, não preciso apressar as coisas, vou devagar, um passo de cada vez.

Larissa chegou à casa, tomou banho, pensou muito no que aconteceu no shopping, na conversa com Marta, pegou o celular e pensou no "procura-se".

Escreveu: **Procura-se alguém que queira filhos e paz de espírito** e enviou.

Depois do envio, sentiu-se de um jeito inexplicável, com uma sensação misturada de ansiedade, medo e alegria. Não soube distinguir.

Gustavo foi embora e Gael foi ao quarto da filha, a menina já havia adormecido, lhe deu um beijo, sussurrou boa-noite e saiu.

Tomou um banho e se cadastrou no aplicativo colocando: **Procura-se uma mãe para meus filhos**. Era isso que ele precisava.

Depois teve uma sensação de ansiedade, medo e alegria, tudo misturado, era estranho, não soube distinguir.

CAPÍTULO 6 – PRECISAMOS SER INTEIROS

Leonardo estava gripado e Gael não o levou para a escola, o menino ficou com Maria e Melina. O pai foi trabalhar.

Dona Mirtes ligou e disse que o genro poderia levá-lo até ela. Gael agradeceu, mas por enquanto estava tudo sob controle. O dia estava cheio, a agenda lotada de visitas, havia também grande quantidade de produtos chegando à loja e a cabeça do pai só estava no filho.

Maria ligou e disse que Leo estava com febre, Gael falou com o pediatra e saiu para pegar o menino. O pai deixou tudo e ficou o período da tarde no consultório do médico, depois levou a criança para casa, já com todos os medicamentos comprados. Leo estava com pneumonia, não precisava de internação, porém carecia de cuidados.

Leonardo dormiu, Gael foi dar o jantar para Melina e depois ela também foi para a cama. O pai foi tomar banho e se lembrou como era boa a vida com sua esposa ao lado. Karina era enfermeira e sabia lidar com essas situações de médicos, medicamentos, febre, etc.

Gael fez uma oração para que tudo se ajeitasse e ele pudesse encontrar uma pessoa para amar e confiar seus filhos a ela.

Na hora de dormir, já na cama, lembrou-se do aplicativo e resolveu vasculhá-lo. Encontrou alguns perfis e começou a ler os interesses de cada um. Depois percebeu que tinha uma mensagem na sua caixa postal, era um perfil que dizia "Procura-se alguém que queira filhos e paz de espírito". Achou interessante.

A mulher enviou um "oi" e disse que gostaria muito de ser mãe, que ela mesma não poderia ter filhos e que ela não se importava de ser mãe de outras crianças, porque o mais importante era o amor, pois mãe é amor.

Gael se lembrou da conversa que teve com sua sogra, por esse motivo resolveu enviar uma mensagem para o perfil, dizendo, "concordo plenamente com você". Foi dormir.

***

Larissa estava na casa da mãe quando resolveu contar a ela que se cadastrou num aplicativo chamado "Procura-se", mas não iria criar expectativas de encontrar alguma coisa boa, estava cética quanto a esse método de achar o amor, a pessoa certa.

Dona Ângela adorou a ideia da filha estar aberta ao novo, apesar de falar que não estava muito confiante com o aplicativo. Pediu para a filha mostrar como funciona.

Larissa abriu e foi mostrando para a mãe, de repente se deparou com um perfil que dizia "Procura-se uma mãe para meus filhos". Ângela achou o perfil perfeito para Larissa e pediu para ela enviar mensagem.

Ela ficou acanhada dizendo que não enviaria nada, seria melhor esperar os homens enviarem alguma coisa.

— Que bobagem, estamos em pleno século vinte e um, as mulheres podem tomar a iniciativa, talvez seja o homem certo, o amor de sua vida... E você está com esse pensamento retrógrado — disse a mãe.

Larissa riu, ficou acanhada e enviou somente um "oi". Quando chegou à sua casa, longe da mãe, deixou a vergonha de lado e continuou a mensagem dizendo que não podia ter filhos e não se importava em ser mãe de outras crianças, porque mãe é amor.

Dois dias depois, chegou uma resposta. Larissa olhou, pensou bem e enviou outra mensagem perguntando a quantidade de filhos que ele tinha.

Gael acordou cedo e foi ver Leonardo, o menino estava sem febre, o pai ficou aliviado. Maria chegou e o arquiteto foi trabalhar.

Chegando à loja, abriu o aplicativo e se deparou com a pergunta da quantidade de filhos. Ele respondeu e no mesmo minuto houve a interação, a mulher falou que o melhor da vida são crianças. Gael se animou com o perfil dela.

Larissa estava tomando seu café para ir à clínica e viu a resposta do perfil masculino. Ela respondeu que o melhor da vida são crianças e falou que gostaria muito de formar uma família. Havia se separado de uma longa relação. Infelizmente não foi feliz, ficou somente por comodismo. Ela nunca teve paz de espírito e gostaria muito de conhecer tal sentimento.

Parou de escrever e pensou: *como estou me abrindo dessa maneira, contando minha vida para um estranho?*

Gael respondeu: **eu conheço essa paz, é a melhor coisa da vida. Sempre tive paz porque sempre tive uma família cheia de amor, mas minha esposa faleceu e agora a paz se foi. Estamos partidos, mas queremos e precisamos ser inteiros, eu e meus filhos, já é hora**.

Larissa respondeu que todos nós **precisamos ser inteiros**, ela também está quebrada e também precisa ser inteira novamente, já é hora.

Gustavo chegou à loja e foi falar com Gael, que estava no escritório. Viu que o amigo estava no aplicativo. Gustavo se surpreendeu com Gael interagindo online.

— E aí achou alguma coisa interessante? — perguntou Gustavo.

Gael respondeu:

— Eu nem acredito, mas estou conversando com uma mulher que adora crianças. Ela não pode ter filhos e não se importa se a outra pessoa tem, ela me disse que mãe é amor. Cara, inacreditável! Estou só conversando, começamos a nos falar faz pouco tempo e a coisa está bem lenta. Nem sei o nome dela. A prioridade aqui são meus filhos — falou Gael.

Gustavo adorou a notícia e disse que conhecerá Marta no fim de semana, irão a um restaurante japonês. E continuou:

— Mudando de assunto, estou aqui para você ir até a casa do meu irmão, ele disse que precisamos almoçar lá, quer te agradecer pelo apoio. A Celeste começou a fazer uma carne especial ontem que ficou pronta hoje, imagina o sabor. Como ele sabe que você é carnívoro, ele me incumbiu de te arrastar até lá, não aceitamos um não.

— Ok! Não consigo resistir a uma boa mesa, mas antes de ir, preciso passar numa obra, você vai comigo — falou Gael.

Eles saíram e no carro Gustavo abriu o aplicativo. Tinha uma mensagem de Marta que dizia: **ansiosa pelo nosso encontro**. Gustavo respondeu: **é amanhã, estou contando as horas**.

O veterinário estava muito animado, eles já estavam se falando há mais de um mês e Marta gostava de animais e a vida no campo. A vida de Gustavo era toda voltada aos animais e ao campo, dessa maneira, os gostos se pareciam. E mais, ele tinha gostado do que viu na foto, ele já sabia que ela tinha 1,65m de altura, um corpo proporcional, cabelos castanho-claros na altura dos ombros e olhos esverdeados. Era professora de biologia na universidade e gostava muito de comida japonesa.

— Perfeito, se melhorar estraga — disse Gustavo.

— Agora só falta o físico, o tato, a pele — falou Gael, dando risada. — Você já reservou o motel? — perguntou Gael.

Gustavo disse que iria avaliar o terreno e dependendo de como fosse o jantar, os dois poderiam acabar na casa dele.

— Mas será que ela vai aceitar ir para sua casa? — perguntou o arquiteto.

— Não sei, é isso que preciso descobrir, vou tentar ler as entrelinhas — disse o amigo.

Marta ligou para Larissa e contou sobre o jantar com Gustavo, estava animadíssima. A dentista disse que também estava conversando com um pretendente, mas não sabia o nome dele, ainda.

Marta adorou a novidade e disse que não precisava de nome, precisava de conteúdo. Deu forças para a amiga continuar a interação e mais para frente eles saberiam o nome um do outro e se conheceriam ao vivo e a cores. Larissa concordou.

CAPÍTULO 7 – JANTAR JAPONÊS

Chegou o dia da amiga de Larissa conhecer o veterinário Gustavo. Marta estava muito ansiosa, as duas foram almoçar para conversarem a respeito do grande dia.

— Larissa, o que devo fazer? Será que eu beijo o Gustavo ou não? — perguntou a inquieta Marta.

A amiga deu risada e falou que não tinha ideia.

— Você que me aconselhava e agora você não sabe o que fazer? — provocou Larissa. — Calma, amiga! Vai dar tudo certo. Foca no interior e esquece o exterior. Se ele for feio, apaga isso da cabeça, ele é inteligente, trabalhador, etc. Vá repetindo isso para virar padrão em sua mente — falou Larissa, gargalhando.

— Boba! Ele é um gato, ele me enviou várias fotos ontem, ele tem 1,90m de altura e é ruivo. Amei! — disse Marta.

— Uau! Quero um desse também! — exclamou Larissa.

— Estou bem nervosa, mas mais tarde ele vai me ligar, vai passar em casa e vamos para o restaurante. Fiz a reserva para as vinte horas — falou Marta.

— Não seria melhor se vocês se encontrassem lá? E se ele for um *serial killer*? — perguntou Larissa, preocupada.

— Não, nós já conversamos há bastante tempo, ele é veterinário e trabalha nas duas fazendas da família. Ele já me deu nome e sobrenome, é Gustavo Henrique Freire, tem um irmão chamado Francisco Henrique Freire e eles cuidam das fazendas, onde há gado e soja. O irmão é administrador, ele é veterinário e tem uma irmã que é agrônoma, ou seja, eles têm tudo sob controle — brincou Marta. — Vou deixar meu celular *on* e você me liga no meio do jantar. Eu finjo que você não sabe que estou lá e te atendo. Pela minha voz você saberá se estará bom ou ótimo, menos do que isso, tenho certeza que não vai estar. Vou deixar o rastreador do telefone ligado. Se eu sumir você me rastreia — avisou Marta. — Tomara que eu suma, desapareça com aquele homem, quero me trancar no quarto com ele por uns três dias. Não me procure — falou Marta, rindo para a amiga.

Larissa se engasgou de tanto rir.

Já quase na hora do jantar, Marta enviou mensagem para a amiga dizendo que em dez minutos sua vida mudaria. Pediu para Larissa torcer para dar tudo certo. A dentista enviou alguns *emojis* bonitinhos e boa sorte.

Gustavo falou com Gael e disse que vai comer muito, queria ficar estufado de tanto comer. Gael gargalhou e desejou boa sorte.

Gustavo chegou, Marta entrou no carro e foram jantar. Os dois se encantaram um com o outro. Ele viu uma mulher bonita, baixinha e cheia de charme. Ela viu um homem muito atraente, falante e inteligente.

Larissa ligou e os dois estavam no meio de um dos trinta beijos que já tinham acontecido. Marta atendeu dizendo:

— Oi, linda, não se preocupe e não me procure, vou estar ocupada por uns três dias. — Rindo, Larissa perguntou se estava tudo bem, Marta só respondeu: — Estou no paraíso, beijos.

Larissa desligou, já estava deitada e entrou no aplicativo para ver se tinha alguma mensagem do seu pretendente com filhos. E lá estava a mensagem que dizia: **gostaria que você estivesse aqui nessa noite fria**.

Larissa respondeu dizendo: **seria ótimo**.

Os dois ficaram conversando, por mensagens, totalmente inebriados entre si. Encontraram muitas coisas em comum, até que Gael perguntou o nome dela e nesse momento ela ficou sem jeito, com receio de falar. Por mais que as afinidades estavam surgindo, pensou que se falasse seu nome, ficaria muito exposta.

Ela explicou para Gael que ainda não estava muito à vontade, tudo era novo. Ele entendeu e então perguntou como ele poderia chamá-la, ela disse Lala, era o apelido de quando pequena, os amiguinhos a chamavam assim. Ele achou engraçado e concordou. **Pode me chamar de Gael**, respondeu ele.

Ela respondeu: **que nome lindo, ator mexicano**. Ele deu risada.

E lá se foram três horas de conversa. Larissa olhou a hora e não acreditou que ficou tanto tempo conversando com um estranho cuja face nunca viu e nem ouviu a voz.

Ela escreveu: **não acredito que ficamos esse tempo todo conversando, preciso desligar, tenho que acordar cedo.**

Gael respondeu: **verdade, nosso papo é ótimo, não percebemos o tempo passar. Vá dormir, eu também tenho que acordar cedo para os afazeres de pai e depois ir trabalhar. Boa noite, Lala, sonhe comigo.**

Larissa enviou: **boa noite** e um *emoji* de coração.

CAPÍTULO 8 - ALMOÇO NA FAZENDA

Gael saiu para as visitas e entre uma visita e outra, enviou uma mensagem para Lala, dizendo: **você gosta de cinema?**

Ela no mesmo minuto respondeu que adorava.

Amanhã vou ao cinema com meus filhos, na próxima vez, iremos todos, os quatro, eu, você e meus filhos, o que acha?, Gael escreveu.

Larissa leu e adorou a ideia, mas ao mesmo tempo ficou com medo, mas respondeu: **vai ser ótimo**.

A dentista foi ver a mãe e contou o que estava acontecendo, falou da afinidade e da intimidade que estava surgindo. Dona Ângela adorou a novidade. Larissa ficou com medo. A mãe, para acalmar a filha, falou para entregar nas mãos de Deus. Ela concordou.

À noite, Marta ligou e Larissa comentou:

— Glória a Deus, eu achei que não fosse mais sair do quarto. Faz quase uma semana que não falo com você. Pode me contar tudo. Como foi? Está namorando? Gostou dele de verdade?

Marta estava tão radiante, tão feliz que até causou uma inveja boa na amiga. Disse que realmente Gustavo era tudo aquilo que ela imaginava, falou que estão super bem e que ela iria para a fazenda almoçar com a família. Convidou Larissa.

A amiga não aceitou dizendo que era meio estranho, ela deveria ir sozinha, conhecer a sogra e pegar intimidade com a família.

Marta disse que Gustavo comentou que um amigo vai e que ele é solteiro e um ótimo partido e por isso ela pensou em Larissa. A amiga deu risada e contou que seu lance com o moço do aplicativo estava ótimo, então, não estava interessada.

Marta quis saber de tudo e a amiga contou nos mínimos detalhes.

No outro dia, Gustavo buscou Marta e seguiu para a fazenda. Estavam todos da família. Gael chegou mais tarde e sozinho, as crianças tinham ficado com a vovó Mirtes, foram ao aniversário do vizinho.

Marta foi muito bem recebida e todos a adoraram, inclusive Gael, que deu os parabéns para o amigo dizendo que ele teve sorte de ter encontrado um bom partido no aplicativo.

Gustavo falou para Marta que Gael estava no caminho certo, estava conversando com uma pretendente.

Marta deu risada e perguntou se foi Gustavo que tinha feito o convite. Ele disse que sim e ela comentou que fez a mesma coisa com uma amiga e que pensava que nunca mais encontraria ninguém.

— Opa! Então vamos juntar os dois — Gustavo falou.

Marta comentou que a amiga já estava apaixonada, só pelas mensagens.

— Na verdade, ela não me falou isso, mas o modo como me contou eu já a conheço há muito tempo para saber. Só ela não sabe.

Gael perguntou:

— Então funciona mesmo?

— Claro, olha aqui a prova — respondeu Gustavo, gargalhando. E Beijou Marta.

O almoço foi ótimo, Gael foi embora mais cedo, os filhos já estavam livres, esperando o pai na casa da avó. Despediu-se e saiu.

Marta comentou que apresentará Gael para sua amiga se o lance com o cara do aplicativo não funcionar. Gustavo concordou, mas falou que tinha quase certeza que ele estava conversando com uma moça também do aplicativo.

— Será que eles estão conversando? — falou Marta. Gustavo falou que não, seria muita coincidência, coisa de filme, não poderia ser. Eles riram.

Concordaram em esperar os dois ficarem livres para apresentarem um ao outro.

Já estava tarde e Gustavo levou Marta para casa, ele entrou e os dois foram para o quarto. Quando estavam saindo para jantar, Gustavo disse à Marta que ela poderia ser sua namorada. Marta olhou para ele e disse:

— Será? — E deu risada. Gustavo a pegou pela cintura e perguntou:

— Quer namorar comigo? — Ela disse sim.

À noite, Gael voltou a conversar com Lala. Os dois falaram sobre viagens e comida. Eles também tinham afinidades gastronômicas e culturais, ambos gostavam das montanhas e de bastante carne. Também queriam conhecer vários lugares em comum, em primeiro lugar gostariam de ir para a Itália. Conversaram durante uma hora e foram dormir.

No outro dia enviaram bom-dia e foram trabalhar, como faziam há semanas.

Nesse ponto, eles já sabiam quase tudo um do outro, estavam bem envolvidos. Gael achou que poderia pedir para Lala pensar na possibilidade de se conhecerem pessoalmente. Ele se encontraria a sós com ela e depois a apresentaria para os filhos.

Gael comentou com Gustavo e o amigo achou ótimo, disse que se ele concordasse, o casal de namorados ficaria com as crianças. Gael até gostou da ideia e se animou mais ainda para falar com Lala, mas sabia da insegurança da pretendente.

Gustavo quis saber mais sobre essa insegurança e Gael disse que a amiga falou que sempre foi insegura com o relacionamento anterior. Ela ficou quinze anos com a mesma pessoa, mas essa pessoa não colocava a relação em primeiro plano e ela era muito imatura no início e depois muito insegura, não percebendo que a relação não era legal.

O companheiro sempre viajou demais, deixando-a sempre sozinha. Ela criou uma dependência que hoje enxerga, mas na época não distinguia. Ainda há um imóvel do casal que está à venda e por isso ainda há vínculo.

— Ela disse que tudo está resolvido, que não existe nada entre eles, quando precisam se falar, é por meio dos advogados. Ela está aprendendo a ter mais confiança e me disse que eu estou colaborando com isso através das nossas conversas. Porém, ela ainda tem um pouco de medo e eu respeito isso, afinal não é tão simples assim, as mudanças acontecem devagar. Eu bem entendo isso, também estou em processo de mudanças. E no meu caso é melhor ser assim, aos poucos, tenho filhos.

Gael falou ao amigo que gostou também de Lala, porque ela foi muito sincera e lhe contou seus pontos fracos, não os escondeu.

Gustavo perguntou dos pontos fortes. Gael respondeu:

— Sempre muito profissional, dentista, trabalha muito, pelo jeito é bem-remunerada, muito procurada, tem sua própria clínica, se dá muito bem com a mãe, adora crianças, quer ser mãe. O setor mais crítico é o sentimental, ela não se acertou — falou Gael.

— Sorte sua — disse Gustavo. Gael deu risada.

Depois do jantar, Gael falou com Lala pelas mensagens, ela disse que iria pensar com muito carinho sobre o assunto. Comentou que tinha começado uma terapia, necessitava organizar sua vida, deixar ir o que deveria e deixar entrar o que precisava para ser feliz.

Gael perguntou: **você quer que eu entre?**

Ela respondeu: **sim, muito, muito mesmo**.

Gael leu aquilo e ficou muito feliz.

Na semana seguinte, Marta estava com Larissa quando Gustavo ligou e a convidou para almoçar. Marta disse que estava no shopping, ele por coincidência, também. Os três se encontraram e foram almoçar.

Marta entrou no assunto do aplicativo e disse para o namorado que Larissa estava pensando se iria conhecer pessoalmente o pretendente ou não.

Gustavo disse:

— Sem dúvida, você deve ir, sem pensar. Olha sua amiga, está ótima, com a pele ótima, radiante.

E riram todos.

— Agora é sério — falou Gustavo e continuou: — Não custa tentar, vá e conheça e se não der, paciência. Você não tem nada a perder. Se der errado, você ganha um amigo.

— Verdade — respondeu Larissa. — Vou falar para ele que aceito.

Marta emendou:

— Envia agora. Não, ele está na loja — falou Larissa.

— E daí? — perguntou Marta.

— Não quero atrapalhar — disse a amiga.

— Você é muito devagar, nem seu nome você quis falar para ele, o cara foi muito legal com você. E você já sabe o nome dele — falou Marta.

— Qual o nome dele? — perguntou Gustavo.

— Gael — respondeu Larissa.

— E o que ele faz? — devolveu Gustavo.

— Ele é arquiteto e tem uma loja de materiais para construção, tem dois filhos e é viúvo — comentou Larissa.

Gustavo ouviu e não sabia se comentava ou não. Torceu para Marta não perceber e ficar quieta. Ela não percebeu. Gustavo achou melhor sondar o terreno.

Larissa acabou e foi embora deixando o casal na mesa. Gustavo aproveitou para saber mais da amiga da namorada.

Marta contou toda a história de vida da amiga e disse que ela realmente nunca foi feliz e era uma excelente pessoa e merecia encontrar uma pessoa do mesmo nível.

Gustavo concordou e ficou quieto.

— Vamos embora? — perguntou ele. Ela concordou.

CAPÍTULO 9 – EMERGÊNCIA

Larissa e Gael marcaram para se encontrarem no sábado, nesse primeiro momento, combinaram de almoçar. Estava tudo certo, a comida seria tailandesa, fresca e saudável.

E o segundo encontro seria um jantar. Sim, haveria um segundo encontro, pelo menos esse era o plano.

Na manhã do sábado, Gael deixou os filhos dormirem até mais tarde, porém Leonardo sempre acordava cedo, tinha muita energia para desperdiçar dormindo.

Os dois foram ver desenhos. Depois de quase duas horas vendo televisão, o pai deu banho no filho e Melina acordou reclamando de dor.

Gael perguntou onde doía e ela respondeu que era o dente. Melina começou a chorar dizendo que a dor estava aumentando.

Gael olhou para o relógio e viu que teria que desmarcar o seu compromisso com Lala.

Enviou mensagem e avisou que tinha uma **emergência** com a filha, sem entrar em detalhes, não poderia ir. Depois entraria em contato para eles jantarem. Ele não perderia a chance de conhecê-la.

Sem esperar pela resposta, pegou o cartão da dentista que dona Mirtes tinha lhe dado e leu Larissa de Almeida Torres. Ligou.

— Oi! Bom dia! Desculpe incomodar no fim de semana, mas sou o pai da Melina Garcia Siqueira, sua paciente de oito anos, ela está com muita dor e parece que é nos dentes de trás. Você poderia atendê-la? — pediu o pai da menina.

— Bom dia, claro que sim. Por favor, vá para a clínica, já

estou saindo e nos encontramos lá — falou Larissa.

Gael disse à filha que iriam até sua dentista principal. Melina achou ótimo. O pai levou Leonardo para a sogra e de lá foram para a clínica. Dona Mirtes comentou que ele iria adorar a dentista.

Eles chegaram à clínica, Larissa já estava lá. O pai apertou o interfone, ela atendeu, eles entraram e aguardaram alguns minutos na sala de espera.

Quando a dentista chamou por Melina, a menina correu, elas se abraçaram e o carinho foi recíproco.

Quando o pai olhou para a mulher, no mesmo instante ele se lembrou da mulher mais insuportável com quem ele já tinha cruzado na vida, a mal-educada do supermercado.

Gael olhou bem e direto para os olhos dela e disse:

— Nossa! Você é a dentista principal da minha filha? Que mundo pequeno... — E fez uma cara de decepção.

Larissa o olhou e pensou o motivo daquela frase e daquela feição nada agradável. Estendeu a mão dizendo:

— Muito prazer, Larissa.

Eles se cumprimentaram e entraram na sala de atendimento, Melina foi para a cadeira para ser examinada.

Larissa se paramentou e começou a vistoriar a boca da criança. E ao mesmo tempo, pensava o que aquele pai bonitão tinha contra ela.

Ele estava sentado na parte de trás da sala e observava aquela mulher, tentando entender o que a filha e a sogra viram nela.

De repente, ele perguntou:

— Você arrumou o arranhão do carro?

Ela pensativa, respondeu:

— Qual carro?

— O seu, você atropelou a carriola e ficou muito nervosa, seu carro ficou arranhado embaixo — disse Gael.

Larissa sentiu a ironia e com isso se lembrou do vexame, sua face queimou, se pudesse abriria um buraco no chão para se esconder. Ela respondeu:

— Nossa! Era você aquele dia! Na verdade, você tinha razão, era só um arranhão imperceptível. Não foi necessário, ficou tudo certo.

Nesse momento, torcendo para que o pai não alongasse a conversa, Larissa disse para Melina que encontrou o problema e era fácil resolver. Seria muito tranquilo e ela não sentiria dor.

Virou para o homem e disse que era uma restauração pequena e seria rápido.

Ele concordou e ela começou o procedimento.

Vinte minutos em que Gael observou Larissa o tempo todo, deixando-a muito sem graça.

Ele estava com aquela mulher mal-educada na cabeça, remoendo tudo o que se passou e no momento que acabou o procedimento ele falou:

— Você se lembra de que também nos encontramos antes daquele dia da obra?

Larissa respondeu que não e ele disse que foi no supermercado.

Larissa pensou e quando se lembrou ficou ainda mais envergonhada.

— Era você também aquele dia? — Realmente a vontade era sair dali o mais rápido possível.

— Sim, nos dois episódios. — Gael estava cheio de rancor daquela mulher, ele realmente não esperava que fosse ela a tão sonhada dentista principal que a filha queria como sua nova mãe. O pai não conseguia entender.

Nesse momento, a filha interrompeu e perguntou ao pai se a dentista poderia ser sua nova mamãe.

Larissa ficou muito envergonhada e ele respondeu que não, ela não poderia. Melina quis saber o motivo da negativa.

— Meu bem, sua mamãe era tão amável, a Larissa não é assim. Ela não saberia cuidar de vocês.

A menina retrucou dizendo que ela poderia aprender. E disse que ela era super legal e perfeita para ser a mamãe dela e do irmão.

— Bem lembrado, seu irmão, vamos embora, precisamos pegá-lo — falou o pai. Entregou o cartão para a dentista cobrar o serviço e nesse momento ela leu o nome dele, Gael Antonio Siqueira.

— Muito obrigado por nos atender.

Saíram.

Larissa pensou rapidamente e pegou o celular, abriu o aplicativo, Gael ainda não tinha lido a mensagem de resposta que ela deixou: **sem problemas, eu também tenho uma emergência de trabalho, depois nos falamos, beijos**.

Ela sentou e ficou mais de meia hora pensando no que estava acontecendo. Teve certeza que o pai de Melina era o mesmo Gael do aplicativo.

Seu celular tocou, era o corretor dizendo que tinha alguém interessado em seu imóvel. Ela pensou que pelo menos uma notícia boa ela tinha naquele dia.

Foi para a casa da mãe e contou tudo o que estava acontecendo. A mãe falou:

— Então o pai da menina que você tanto adorou é o moço do aplicativo, não entendi...

A filha recomeçou a história do início.

— Aquele dia que descobri que eu sou infértil, eu abri o resultado do exame dentro do supermercado e fiquei em choque. Veio um moço e bateu com o carrinho em mim, eu enlouqueci, fui super mal-educada. E teve outro dia, que atropelei a carriola de uma casa em obras e também fui muito mal-educada. Nesse dia eu tinha descoberto que eu deveria pagar o aluguel para o Rafael, estava p* da vida. Nesses dois dias, fui mal-educada com a mesma pessoa. E por coincidência essa mesma pessoa é o pai da Melina e é a pessoa do aplicativo.

A mãe ficou de boca aberta com tudo aquilo.

— Larissa, desde quando você é mal-educada? Onde você aprendeu isso? — questionou dona Ângela.

— Eu estava nervosa nas duas situações, eu tive motivo — falou a moça.

A mãe retrucou dizendo que ninguém pode ser mal-educado com terceiros só porque está nervoso, pois o outro não tem nada a ver com seus problemas.

Larissa começou a chorar. A mãe a abraçou e disse para ela tentar consertar o mal-entendido e ir conversar com ele. Ela disse que iria resolver só não sabia como.

***

No outro dia Gael acordou cedo. Nesse domingo a loja estaria aberta para promoções. Ele chegou ao trabalho e foi para sua sala. Estava nervoso, irritado, não conseguiu pegar no sono.

Seu amigo chegou e viu que tinha algo errado e perguntou:

— O que aconteceu? Você está péssimo.

Gael respondeu:

— Ontem a Melina teve uma dor de dente e a levei na dentista que ela tanto adora. Chegando lá, me deparei com a mulher mais horrorosa que já conheci. Não sei se comentei com você de uma mulher mal-educada que eu tive o desprazer de cruzar duas vezes na vida... Então, essa pessoa é a dentista. O pior é que dona Mirtes e Melina a idolatram e a aprovam como a segunda mãe dos meus filhos. Estou tentando entender o motivo.

Gustavo falou:

— Que doido! Mas tenho um assunto melhor para te animar. Eu estou aqui para te convidar para a inauguração da minha casa. Não sei se você sabe, mas contratei um ótimo arquiteto que, apesar do atraso na obra, fez um trabalho sensacional. — Os dois riram. — Vai ser um almoço no próximo sábado e quero você lá. E vou pedir para a Marta levar uma amiga, para te deixar mais calmo. — E deu risada. — E a moça do aplicativo? — perguntou Gustavo.

Gael disse que com a confusão da dentista o almoço furou, mas eles irão marcar outra data.

— Pelo menos tenho a Lala. É a única coisa boa acontecendo ultimamente — falou o arquiteto.

— Vou embora, almoçar com minha gata. Semana que vem te vejo lá — concluiu Gustavo.

— Combinado — respondeu Gael.

Gustavo pensou que seria melhor não contar sobre Lala, afinal, o dois iriam se encontrar na inauguração da casa. Se os dois se dessem bem, Gustavo falaria ao amigo que Larissa e Lala são a mesma pessoa.

CAPÍTULO 10 - INAUGURAÇÃO DA CASA NOVA

Larissa passou a semana conversando com Gael, porém estava mais contida, receosa. Não tinha certeza se ele sabia da verdade ou não. A semana foi mais corrida, cheia de trabalho para os dois e as conversas estavam mais curtas e rápidas.

Eles ficaram de marcar outra data para o encontro, mas Lala disse que tinha compromisso no sábado e Gael também tinha a festa na casa de Gustavo.

Larissa falou que tinha compromisso com a mãe, o que não era verdade, ela marcou de ir com Marta para a **inauguração da casa nova** do namorado da amiga.

Gael percebeu a mudança no ritmo das conversas, mas a semana estava atribulada com trabalho e a filha, que não parou de falar na dentista principal nem um minuto, deixando o pai aflito com aquele assunto. Ele não conseguia digerir o sentimento da filha pela dentista e ficou com mais asco ainda daquela mulher.

Melina estava atrasada para sair e Gael a chamou e disse para ser rápida, eles tinham que ir para a **inauguração da casa nova** do tio Gustavo. Maria e o pequeno Leo também foram.

Larissa avisou Marta que já estava saindo e seguiu com o GPS. Quando estacionou, se deu conta de que era a casa onde aconteceu a confusão com a carriola. Larissa quase desmaiou, já não sabia o que pensar.

Ela entrou, muito sem graça, estava com uma sensação desconfortável e uma vontade de ir embora. Marta e Gustavo vieram recepcioná-la. Ela estava pálida e a amiga perguntou o que tinha acontecido, Larissa disse que estava bem.

Tinham várias pessoas no local, a área de lazer era espaçosa e todos estavam muito bem acomodados. Marta chamou a amiga de lado e perguntou realmente o que estava acontecendo. Larissa estava confusa e fez a seguinte pergunta:

— Quem é o amigo do Gustavo que você uma vez falou que queria que eu conhecesse?

Marta respondeu que era o Gael, o arquiteto responsável pela reforma da casa. Disse também que ele estava chegando.

Larissa estava em pé, ela foi até o sofá e sentou-se. Marta não entendendo, olhou para amiga, que estava em choque, e disse:

— Você está passando mal, espera que vou te trazer um copo d'água. Larissa o que está acontecendo? — perguntou a amiga, que estava preocupada com a estranheza da dentista.

Quando Larissa abriu a boca para responder, elas foram interrompidas. Melina chegou. A menina se jogou nos braços da moça.

Larissa abraçou e beijou a garotinha. O coração da dentista estava congelado por não saber o que fazer, mas ao mesmo tempo, sentiu um amor tão grande por aquela menina, que lágrimas escorreram dos olhos de Larissa.

Viu o pai de Melina aparecer com Leonardo nos braços e Maria ao seu lado. Larissa se levantou e pôde perceber a feição de surpresa que se instalou no olhar de Gael.

Naquele momento, Larissa soube que estava apaixonada pelo viúvo, aquele homem lindo, com 1,90m de altura, cabelos bem cortados, castanhos, pele branca, olhos castanhos e com um menino lindo nos braços.

O homem era maravilhoso e bom pai, Larissa estava apaixonada por todo o pacote do bonitão e realmente gostaria de ser a mãe dos filhos dele.

Gustavo trouxe Gael e Maria mais próximos de Marta e Larissa, com Melina agarrada a ela. O casal apresentou Gael e Maria para Larissa, dizendo que a dentista era a melhor amiga de Marta.

Gael entregou Leo para Maria e pediu para a mulher dar água para o menino e levar Melina junto. A filha não ficou feliz, mas obedeceu ao pai.

Gael se virou para Larissa e disse:

— Esse mundo não é pequeno, é minúsculo, você também aqui?!

Gustavo, sem entender, viu que o amigo estava alterado e perguntou se eles já se conheciam.

Gael disse que ela é a dentista adorada pela filha e também é a mesma mulher que fez barraco ali na casa dele, devido a um erro dela mesma.

Larissa não respondeu e pediu para Marta levá-la ao banheiro. As duas foram conversar e a amiga soube que Gael era a pessoa que Larissa encontrou no supermercado, na obra e no aplicativo. Ficou estupefata.

A dentista quis ir embora e Marta não a deixou ir, dizendo:

— Você vai fugir?! Tem que enfrentar, você está apaixonada por esse cara e agora precisa resolver esse mal-entendido, porque é isso, somente um mal-entendido. Você deve explicar para ele o motivo de você ter sido descontrolada, ele vai entender.

Larissa não havia dito que estava apaixonada, ela mesma tinha acabado de descobrir tal coisa e perguntou:

— Por que você diz que estou apaixonada? Você ficou louca?

Marta sorriu e disse:

— Eu conheço você, você está apaixonada e já faz muito tempo. Você é adulta, vá falar com ele e se explicar.

Larissa chorou e quis ir para casa, mais uma vez a amiga não deixou.

— Que coisa feia, parece uma criança que perdeu a chupeta. Encare e vá à luta.

A dentista lavou o rosto e saíram para a festa. Melina veio ao seu encontro e novamente a abraçou pedindo para ela aceitar ser sua mamãe. Ela respondeu:

— Meu amor, seu pai precisa concordar com isso.

De repente, Larissa viu que chegou uma mensagem do aplicativo. Era Gael dizendo: **Lala gostaria que você estivesse aqui**.

Larissa respondeu: **onde você está?**

Ele enviou dizendo que estava na casa de um amigo, mas que estava muito chato e a única pessoa que ele gostaria por perto seria ela.

Larissa não soube o que escrever.

Gustavo não ficou o tempo todo com Gael porque tinham várias pessoas e ele era o anfitrião. E não teve tempo de conversar e dizer que Larissa era a mesma pessoa do aplicativo.

Melina deixou a dentista e foi brincar com Rebeca.

Marta e Larissa estavam sentadas na sala ao lado da área de lazer, quando vieram também sentar, Celeste e Maria, com o pequeno Leonardo. O menino estava muito enérgico e ficou o tempo todo andando de um lado a outro.

Leonardo foi para o lado de Larissa e quis sentar no colo da dentista, o pai do garoto ficou observando de longe. Ela o beijou e Leo adorou o carinho, estava com fome e Maria deu a mamadeira para Larissa oferecer ao menino. Ele mamou e dormiu nos braços da moça.

Larissa se levantou e foi com Marta levar Leonardo para a cama de um dos quartos da casa. As duas entraram e Gael foi atrás.

O pai de Leo entrou no quarto e Larissa estava colocando a criança na cama. Marta viu o homem entrar e saiu, deixando os dois a sós.

A moça não percebeu que o pai do menino estava ao lado. Larissa ajeitou o menino, se abaixou e o beijou. Sussurrou no ouvido da criança:

— Você é lindo, durma e sonhe com os anjos.

Larissa se levantou, se virou e deu de cara com Gael. Ela ficou branca e passou ao lado dele para chegar à porta do quarto. Gael a agarrou pelo braço, a mulher olhou para cima e pediu para ele soltar.

O pai do menino agradeceu por ela ter alimentado o filho e o colocado para dormir. Os dois saíram e voltaram para a festa.

Gael vendo a cena de Larissa com Leonardo, ele pensou que talvez a dentista pudesse não ser tão áspera, como ele havia imaginado. Mas ainda assim, tinha uma rusga entre eles.

Larissa foi ficar próxima de Marta e Gael foi conversar com Francisco, irmão de Gustavo.

Marta perguntou se ele tinha puxado conversa dentro do quarto. Ela disse que ele agradeceu por ela ter colocado o menino na cama.

— Ponto positivo para você — falou Marta. — Agora você precisa contar para ele que você é a Lala e explicar o motivo dos seus barracos traumatizantes de homens — brincou.

Larissa não achou graça da brincadeira da amiga, estava aflita.

Larissa abriu o aplicativo e viu que ainda não tinham mais mensagens novas. Ficou decepcionada, mas escreveu para ele: **estou apaixonada por você**. Depois se arrependeu da audácia do que tinha acabado de fazer.

Ficou prestando atenção para saber se o pai de Melina iria ler a mensagem de Lala. Depois de uns dez minutos ele leu e respondeu: **então precisamos nos ver**. Larissa tremeu.

A festa estava ótima, a comida estava deliciosa, a música excelente. Entretanto, Larissa resolveu ir embora, estava deslocada e nervosa, queria sair dali para colocar seus pensamentos em ordem. Pediu para Marta não falar nada para o namorado sobre o aplicativo e foi se despedir de todos.

Melina a beijou e abraçou com todo o amor do mundo. Larissa pediu, falando baixinho no ouvido da menina:

— Dê um beijão no seu irmão por mim. — Despediu-se de Maria e quando chegou próximo de Gael, os dois se deram as mãos.

Ela saiu e quando entrou no carro e já estava distante dali, chorou descontroladamente. Não sabia explicar aquele choro. A confusão que ela mesma fez precisava ser desfeita. Ela precisava se explicar para aquele homem. Larissa realmente estava apaixonada por ele e gostaria de ser a mãe dos filhos dele.

A dentista saiu e Gael ficou um pouco confuso com aquela mulher, não soube explicar o que era aquilo. A filha foi novamente falar com o pai, ela queria a dentista como sua mamãe.

Gael tinha tomado a decisão de ir conhecer Lala e apresentá-la para seus filhos, ele tinha certeza que era a mulher certa, mas ao mesmo tempo Larissa o deixou com um ponto de interrogação.

A cabeça de Gael também estava um caos.

A festa ainda continuou por mais duas horas e a família de Gael ficou até o final. Quando chegaram à casa, os filhos simplesmente apagaram de sono. Maria tinha dito para o pai não se preocupar com o banho. No outro dia, ela deixaria todos limpinhos e brilhando.

Gael foi para o quarto, tomou seu banho e abriu o aplicativo, enviou uma mensagem à Lala dizendo que gostaria de se encontrar com ela ainda aquela semana. Não poderia mais esperar.

Larissa leu aquilo e não soube o que fazer. Ela iria encontrá-lo antes de falar que ela e Lala eram a mesma pessoa? Ficou pensando se responderia ou não.

CAPÍTULO 11 – LARISSA X LALA

Larissa quis saber de Marta o que ela faria na situação atual.

A amiga disse que a ideia seria conversar mais no aplicativo para descobrir os sentimentos de Gael. E ficou de bisbilhotar com Gustavo para saber se o namorado saberia dizer.

Marta encontrou com Gustavo e perguntou se o amigo estava apaixonado pela moça do aplicativo.

Gustavo olhou para Marta e perguntou se ela já sabia que Larissa e Lala são a mesma pessoa. A namorada sorriu e se surpreendeu do namorado saber desse detalhe.

Gustavo disse que ainda não tinha contado a Gael, mas iria. Marta falou que Larissa que deveria contar. O namorado concordou.

A namorada avisou que a amiga estava apaixonada e queria saber se o amigo também gostava dela.

Gustavo não soube responder, disse que homens são mais fechados, mas Gael estava bem empolgado e comentou que Lala era a pessoa ideal.

Mas também avisou que o amigo tinha um asco da mulher do supermercado e por isso não saberia dizer o que o arquiteto estaria pensando.

Marta defendeu a amiga dizendo que a dentista é um amor de pessoa e a confusão foi exceção na vida dela, pois estava passando por um momento muito triste e não viu o que estava fazendo.

A primeira impressão foi desagradável sim, porém Gael já tinha conhecido a verdadeira Larissa conversando pelo aplicativo, com Lala.

Gustavo falou:

— Tomara que ele saiba distinguir e deletar essa parte não tão boa, afinal as pessoas não são perfeitas.

— Exatamente — concordou Marta.

Gael foi almoçar com a filha e Maria. Melina pediu para o pai falar com Larissa. O pai perguntou o motivo e ela falou que estava com saudade da dentista.

— A Maria também gostou da Larissa — disse Melina.

O pai ouvindo isso, falou para a filha que tinha outra amiga para apresentar para a família. E emendou dizendo que a amiga era muito legal. Melina não quis saber nem o nome da amiga do pai, bateu o pé e pediu para ver Larissa.

Gael ficou sem saber o que fazer. Pegou o telefone da dentista no cartão de visita e deu para Melina e falou:

— Pede para sua avó falar com ela.

Melina concordou e o pai ficou pensando como faria para a menina aceitar conhecer Lala. Terminaram o almoço e Gael levou a menina para a escola.

Dona Mirtes se encontrou com o genro e perguntou sobre Larissa.

— Gael você gostou da dentista?

A resposta foi:

— Sim, ela é ótima profissional.

Ela insistiu:

— Só isso? A Melina gostaria que ela fosse a nova mamãe. O que você acha da ideia?

O genro riu e pediu para ela expor o que estava pensando.

A sogra disse que até onde ela sabia a moça era solteira, trabalhadora e de boa família. Como a neta e ela tinham gostado muito dela, pensou que o genro pudesse dar uma chance e chamar a dentista para sair. Dona Mirtes ficaria com as crianças. Gael gargalhou bem alto.

E ela continuou:

— Você está rindo do quê? Ela é feia? Ela não faz seu tipo? — A sogra ficou preocupada.

Gael disse:

— Pelo contrário, ela é lindíssima, porém muito mal-educada. — E contou sobre os dois encontros que teve com a moça antes dela ser a dentista principal da filha.

Dona Mirtes defendeu a mulher dizendo que ela deveria estar num dia ruim, com sérios problemas, sabe lá...

— Larissa não é assim, com certeza tinha um motivo relevante para isso.

Gael confiava muito na sogra e quis se abrir com ela, dizendo que estava conhecendo, conversando com uma pessoa no aplicativo "Procura-se" e que essa pessoa era uma mulher muito inteligente, muito gente boa e iria conhecê-la pessoalmente e depois, apresentar para os filhos.

A sogra perguntou se ele realmente tinha certeza sobre essa moça e a resposta foi sim.

Depois do que ouviu, dona Mirtes desejou boa sorte e disse que ela confiava no genro, portanto, não opinaria. Disse que esperaria para ver os próximos acontecimentos e ressaltou que Larissa é a pessoa certa. Beijou o genro e saiu.

Gael chegou à casa, jantou com os filhos e foi olhar o aplicativo. Não havia mensagem nova e resolveu falar com Lala.

Vamos nos ver esse fim de semana?

Esperou um pouco e veio a resposta: **não posso, estou**

ocupada. Gael estranhou e resolveu perguntar o que estava acontecendo.

Lala respondeu que estaria ocupada com a venda do imóvel.

No outro dia, Gael encontrou com Gustavo, que perguntou como estavam as coisas com a mulher do aplicativo. Gael disse que ela estava estranha e ele não sabia o motivo.

Gustavo olhou para o amigo e disse:

— Vou te dizer uma coisa que você não sabe. Larissa e Lala são a mesma pessoa.

Gael ouviu, mas não entendeu. E perguntou o que estava acontecendo. Gustavo explicou que descobriu que a mulher do aplicativo era a dentista e que isso realmente é muita coincidência. E coincidência maior ainda, é ela ser também a mal-educada do supermercado e melhor amiga de Marta.

Gael sentou, colocou a mão no rosto num ato de desespero e não soube o que fazer, o que pensar.

— Caramba! Que mundo louco! — exclamou Gael.

Gustavo ainda disse que a namorada falou que a melhor amiga estava super apaixonada e que não sabia como convencer o pai da Melina que era uma boa pessoa.

O pai da garota ouviu aquilo e sentiu um gelo nas veias, ele também estava apaixonado por Lala e agora sabia que ela era a dentista da filha.

O veterinário aconselhou o amigo a conversar com Larissa para pôr um fim no mal-entendido e se abrir para o amor. Fazer de Larissa a mãe das crianças.

Gael foi buscar a filha na escola e a menina falou novamente na dentista, disse que a avó não quis ligar e que gostaria muito de falar com a moça. O pai falou que pediria para a avó falar com

Larissa.

— Então Larissa ganhou — disse Melina.

— Como assim? — perguntou o pai.

— Papai você falou de outra mulher, mas Larissa ganhou.

Ele pensou que mal sabia a filha que as duas eram a mesma pessoa. E deu um sorriso.

CAPÍTULO 12 – LISTA DE CONVIDADOS

No outro dia a sogra ligou para Gael e disse que falaria com Larissa para irem ao shopping. O genro concordou e dona Mirtes perguntou sobre a outra mulher, a resposta foi que não havia dado certo. A sogra ficou feliz.

Ele também pediu para dona Mirtes levar Maria e Leonardo. O passeio seria no fim de semana, a sogra estranhou, mas concordou com o pedido.

Gael ligou para Gustavo e pediu para ele não dizer para Marta que ele já sabia sobre a amiga. O arquiteto falou que primeiro estudaria o comportamento da dentista com os filhos e tentar tirar aquela má impressão da mulher mal-educada da cabeça. Gustavo gostou da ideia.

Larissa se aconselhou com a mãe e a progenitora achou melhor ela abrir o jogo com o arquiteto, ir procurá-lo e contar toda a verdade. Pedir desculpas e depois deixá-lo decidir se ele vai querer se guiar por uma impressão errada e perder uma pessoa maravilhosa ou perdoá-la e serem felizes.

Dona Ângela disse também que se ela realmente quisesse conquistar o pai, nada melhor do que conquistar, primeiro, os filhos e a sogra.

A filha achou uma ótima estratégia, porém arriscada demais, iria se envolver cada vez mais e se não desse certo, ela ficaria com o coração partido.

Dona Ângela concordou com a reflexão da dentista, mas advertiu que na vida nada é fácil e não há como ganhar se não assumir o risco de perder. Larissa sorriu e concordou com a cabeça, abraçando a mãe.

Chegou o fim de semana e Larissa foi ao shopping. Para sua surpresa o menino Leonardo também estava. As mulheres foram para a área infantil e se divertiram muito com as crianças.

Melina queria a atenção de Larissa o tempo todo e as duas ficaram sempre juntas. Depois foram comer hambúrguer e tomar sorvete. Era tudo que a menina adorava.

Melina chegou à casa mais apaixonada pela dentista e o pai ficou alegre de ver a alegria da filha.

***

Gael acordou, arrumou os filhos e logo a avó foi pegá-los, eles iriam para o shopping junto com Maria e a avó, encontrarem com Larissa.

O pai se arrumou e saiu. Gael foi ao shopping, ficou de longe observando o grupo se divertir. Ele viu como sua filha se agarrou nos braços de Larissa e o tempo todo pedia a atenção da moça. Viu também como a dentista sorriu com as crianças.

O pai estava desmistificando aquela imagem de mulher grosseira, mal-educada e sem coração de Larissa. Gael saiu feliz

Passaram três dias e dona Mirtes veio com ingressos para o circo, todos estavam incumbidos de irem ao circo, inclusive Gael.

O convite foi aceito e todos foram. Chegando lá, para surpresa das crianças, Larissa apareceu. Dona Mirtes tinha convidado a dentista omitindo somente o detalhe de que o arquiteto também iria.

Para Larissa, a sogra de Gael convidou dizendo que somente as três iriam ao circo, elas e Melina. Pediu para Larissa não negar o convite porque gostaria muito de conversar com ela.

Como Larissa tinha decidido conquistar o pai da menina, achou melhor aceitar, dona Mirtes era uma aliada de peso. Porém, ela não desconfiava que o próprio pai estivesse junto.

Acomodaram-se todos nas cadeiras compradas e Gael ficou entre os dois filhos e Larissa ao lado de Melina. Todos se divertiram e Gael ficou o tempo todo observando a dentista com as crianças.

Larissa não ficou à vontade com os olhares de Gael, entretanto, sabia que ele a estava analisando, ao mesmo tempo a constrangia e a deixava feliz.

No meio do espetáculo Leonardo quis mamar e foi para o colo de Larissa, dormindo rapidamente.

Gael perguntou se ela gostaria que ele o pegasse, já estava pesado, estava gordinho. Ela recusou dizendo que estava tudo bem.

Quando acabou o espetáculo, Gael pegou o menino e os dois foram saindo, Melina pegou a mão do pai e com a outra pegou a mão de Larissa, andando toda alegre até o estacionamento.

Todos se despediram, Larissa agradeceu a dona Mirtes pelo convite, se despediu de Melina e do pai. Gael a olhou entrando no carro, admirando-a de longe.

***

Na mesma semana Larissa recebeu uma mensagem de seu advogado, dizendo que o ex-marido queria conversar com ela. Houve um estranhamento porque eles não se falavam há tempos e tudo estava sendo resolvido entre os advogados.

Rafael gostaria de uma conversa ao vivo. O advogado não sabia detalhes, só avisou sobre o pedido do ex.

Larissa aceitou, afinal não haveria como dizer não para uma pessoa que fez parte da metade da vida dela.

Encontraram-se no shopping para um almoço. Ao meio-dia em ponto Rafael aguardava a ex-mulher chegar. Depois de quinze minutos ela chegou e ele, todo educado, se levantou, a beijou e afastou a cadeira para ela sentar.

Larissa achou diferente a maneira como ele estava se comportando, gostou do que viu.

Rafael disse que estava trabalhando demais, como sempre. Mas depois de alguns meses de separação, ele pôde pensar em tudo o que passou, no tipo de marido que ele era, no tipo de relacionamento e, o principal, no tipo de esposa que ele perdeu. Continuou dizendo que ele percebeu que Larissa é a mulher mais doce, mais carinhosa, mais honesta que ele conhecia e que agora não via mais sentido na vida sem essa pessoa ao seu lado.

Disse que fez algumas considerações, algumas análises e comparações com a vida de antes e a vida do agora e percebeu que tudo estava pior.

Larissa somente o olhava, sem entender onde ele queria chegar com aquelas palavras.

Rafael segurou as mãos da ex e disse que a separação foi o maior erro cometido na vida dos dois.

Eles estavam sentados muito próximos e o ex-marido no momento que ele pegou as mãos de Larissa, se inclinou, segurou o queixo da ex-mulher, beijando-a.

Larissa não acreditou no que estava acontecendo, ela não teve reação, ficou em choque. Ela tinha ido até lá para ouvir qualquer coisa sobre o divórcio, era para isso que estava preparada. Mas ouviu o ex-marido dizer que a separação foi um erro e mais do que isso, ele a beijou. Ela estremeceu de nervoso.

Do outro lado do pátio, na praça de alimentação estava Gael

que viu Larissa beijar um homem. O pai de Melina estava ali para almoçar com um cliente e enxergou Larissa de longe. Viu quando ela chegou, se aproximou de uma mesa e sentou com um homem que acabou beijando-a.

Foi difícil Gael se concentrar no assunto da mesa, junto ao cliente e mais dois conhecidos. A cena vista anteriormente não lhe saía da cabeça. Subiu um ódio daquela mulher, ela estava ludibriando a família toda.

Larissa falou para Rafael que estava ali para falar sobre o divórcio e não sobre uma reconciliação. Aquilo era ridículo e que não acreditou em nenhuma palavra do que ele falou. Avisou que não era para ele colocar palavras na boca dela, ela não tinha cometido nenhum erro, a não ser ter demorado com os papéis da separação. Deveria ter divorciado antes, os dois perderam muito tempo num relacionamento falido. Levantou-se e saiu. Também avisou que as conversas continuariam sendo com os advogados. Disse que gostaria que ele encontrasse outra pessoa para ser feliz, pois era um cara legal. Ela faria o mesmo.

***

O aniversário de Melina estava chegando e a menina fez uma lista de convidados, entregou para o pai. Gael viu o nome de Larissa e resolveu falar para a filha que a dentista não poderia ser convidada. A filha discordou e não falou mais com ele.

Melina contou para a avó. Dona Mirtes perguntou ao genro o motivo pelo qual a dentista não poderia participar da festa.

Gael disse que esse lance de deixar seus filhos perto de uma mulher por quem ele não estava interessado não era saudável.

A sogra, com todo cuidado e carinho, falou ao genro que ele

poderia negar, mas ela já tinha notado o interesse dele em Larissa.

— Talvez você não queira, ainda não entendi o motivo da sua recusa, talvez seja medo, mas eu já falei que vou apoiá-lo, vou tratar Larissa como minha filha — falou dona Mirtes.

Gael disse à sogra que Larissa estava beijando um homem no shopping, o que o leva a crer que ela não é uma mulher solteira, disponível. Então ele não estava interessado e não estava entendendo o motivo dela ficar próxima de seus filhos. Era um absurdo ela fazer isso.

Dona Mirtes não acreditou, ficou surpresa com a explanação do genro e falou que falaria com a dentista.

— Não precisa falar com ela, ela faz o que quiser com a vida dela, eu só não a quero perto dos meus filhos — afirmou Gael.

A sogra ficou sem saber o que pensar, todavia, com certeza falaria com a moça.

Depois de mais alguns dias, dona Mirtes ligou para Larissa e perguntou se as duas poderiam conversar. Marcaram na casa de dona Mirtes.

Larissa chegou e viu uma mesa enorme, cheia de coisas gostosas para o lanche da tarde.

Dona Mirtes foi direto ao ponto e perguntou se ela era solteira e se estava disposta a se casar com o seu genro e ser a mãe de seus netos.

Larissa ficou toda sem jeito, respirou fundo e disse:

— Sou apaixonada por todos os três. As crianças são lindas e educadas, um sonho para qualquer mãe. O seu genro é o pai mais maravilhoso que já conheci e além de ser um gato de tão bonito — falou Larissa.

A sogra de Gael olhou bem nos olhos da moça e perguntou:

— Então por que você estava beijando outro homem no shopping dias atrás?

Larissa quase desmaiou. Ela pensou rapidamente e respondeu:

— Meu ex-marido me chamou para conversar, temos um imóvel para vender e dividir. Quando cheguei, ele começou a falar que foi um erro termos nos separado e me pegou muito de surpresa. No final do papo, sem eu esperar, ele me beijou. Eu não correspondi ao beijo e deixei bem claro que a separação foi muito acertada para os dois lados. Disse que a partir de agora, só nos falamos por intermédio de nossos advogados. E foi isso que aconteceu.

— Meu bem, eu acredito em você, vou dizer ao Gael. Ele viu você e ficou muito abalado. Acho que ele é muito a fim de você, mas não admite nem para ele mesmo.

Larissa ficou preocupada, porque, além das desavenças anteriores, agora tinha o lance do beijo.

Dona Mirtes disse para ela não se preocupar, iria fazê-lo entender que foi outro mal-entendido.

CAPÍTULO 13 – FESTA DE ANIVERSÁRIO

Melina estava radiante, suas amiguinhas da escola estavam todas ali e todas se divertindo muito. A garota quis vestir-se de mulher-maravilha e ficou toda poderosa. A festa estava linda.

Larissa chegou e quando Gael a viu, perguntou para dona Mirtes quem a convidou. A sogra levantou o dedo, dizendo que a neta fazia questão da presença da moça. Gael fez cara feia, mas foi ignorado.

Melina veio correndo cumprimentar Larissa e ganhou um beijo e um abraço muito apertado, além de um presente lindo.

A dentista cumprimentou todos e foi se sentar junto com Marta e Gustavo, que já estavam acomodados. Marta sussurrou ao ouvido de Larissa que queria conversar com ela. As duas correram ao banheiro.

Marta falou que no caminho para a festa, Gustavo comentou que Gael estava morrendo de ciúmes de Larissa porque a viu beijando um homem no shopping e que estava muito aborrecido.

A amiga de Larissa avisou que era hora dela conquistá-lo de vez. A dentista perguntou como. A resposta foi:

— Vá lá conversar com ele, diga que seu ex-marido quer voltar e você está pensando na proposta, porque você sabe que não tem chance nenhuma com ele.

— Você está louca Marta? Não tenho coragem de dizer isso — falou Larissa.

Quando as duas voltaram para a mesa, Gael estava conversando com Gustavo. Marta sentou ao lado de Gustavo e Larissa ficou ao lado do arquiteto.

Marta disse a Gael que Larissa logo iria se mudar de cidade. A amiga quase enfartou quando ouviu a namorada de Gustavo mentir.

— Por quê? — perguntou Gael.

— Deixa pra lá, se acontecer, eu conto — falou Larissa.

Nesse momento, Marta chamou Gustavo para ir pegar pipoca e os dois saíram.

Gael quis saber de Larissa o motivo da mudança. Ela disse que o ex-marido quer voltar, que o beijo que Gael viu no shopping a pegou de surpresa, tal como a proposta. Mas ela não sabia se iria aceitar.

— E por que você não aceitaria? — perguntou o pai de Melina.

Larissa se encheu de coragem e falou:

— Você acha que eu estou aqui somente pela Melina? Com certeza, eu adoro a sua filha, porém o meu interesse não é somente nela e você sabe disso. Como eu sei que não tenho nenhuma chance e tenho quem me queira, estou pensando em recuar. Não quero ficar sozinha, então, seria melhor eu dar outra chance para quem eu já conheço.

Gael olhou profundamente nos olhos da mulher e disse:

— Lala, você não acha que já sofreu demais?

Larissa sorriu e disse:

— Então você sempre soube que eu sou Lala...

Ele disse:

— Não, mas já faz um tempo que descobri.

Ela falou:

— Ok. Já que você sabe que estou apaixonada por você, porque eu disse pelo aplicativo, então não preciso esconder nada.

Eu gostaria muito que o nosso lance tivesse dado certo, como não deu, por favor, me dê licença, vou pra casa. — E se colocou em pé, ela estava muito nervosa para ficar ali.

Gael a segurou e disse:

— Não, você não vai embora, vamos cantar os parabéns e você precisa falar com Melina, ela vai ficar triste.

— Vou me despedir dela, não se preocupe — respondeu Larissa. E saiu. Foi até a menina, conversou, as duas se abraçaram e Larissa saiu.

Gael olhou de longe, quando notou que a dentista realmente estava indo embora, correu atrás dela. Ele a alcançou, puxando-a, pediu para ela esperar.

Larissa pegou a mão dele, retirou de seu braço e disse para ele ficar longe porque ela não poderia mais ficar. Estava muito envolvida com aquela família e já não aguentava mais aquela situação.

Larissa o olhou e falou que sentia muito pelo envolvimento dos filhos, mas dali em diante, ela não iria mais participar da vida deles. O arquiteto a abraçou e confessou que os filhos a amam.

Ela o empurrou dizendo que ele não a queria por perto, Gael a puxou novamente e disse que era apaixonado por Lala. Larissa disse que dela, a Larissa de carne e osso, ele não gostava.

Ele a segurou e disse que não era verdade. Ele a amava e percebeu isso quando viu outro homem beijá-la. Ficou com muito ciúme e depois daquela cena, ele não conseguiu fazer mais nada, seu trabalho não rendeu e ficou o dia todo pensando nela.

Gael passou a mão pelo rosto de Larissa, abaixou e a beijou bem lentamente. Os dois se abraçaram.

Larissa não estava acreditando no que tinha acontecido. Os dois voltaram para a festa, sem despertar suspeitas do envolvimento de ambos.

Todos cantaram parabéns para Melina e a festa acabou depois de algum tempo.

Larissa estava saindo quando Gael disse que depois ligaria para eles conversarem. Ela concordou e saiu. Viu uma mensagem no aplicativo. Era Gael dizendo: **também te amo**.

Depois da festa, Gael chegou à casa com os dois filhos dormindo e os acomodou em seus devidos dormitórios e foi para o quarto. Pensou em Larissa, estava disposto a começar um relacionamento com aquela mulher.

Abriu o aplicativo e leu a mensagem que Lala tinha escrito.

Perdoe-me pela mulher do supermercado, ela estava arrasada porque ali mesmo tinha aberto o resultado de um exame que dizia infertilidade irreversível. O mundo desabou. Essa mulher não viu e não ouviu mais nada, nem os desaforos que ela despejou em cima de um lindo homem e seu bebê.

Peço perdão também pela mulher encrenqueira que atropelou o carrinho da obra, ela estava p* da vida porque o ex estava cobrando um aluguel pela casa onde ela estava morando.

Perdoe-me por essas duas vezes quando fui imatura e mal-educada, sei que terceiros não merecem e me arrependo profundamente pelas minhas ações. Ass. Lala, Larissa.

Gael leu aquilo e sentiu um alívio de saber que ele conseguiu transpor o sentimento negativo que tinha. Agora eles poderiam avançar e começar um capítulo novo na vida dos dois e da família toda.

Ele respondeu: **já está perdoada**.

CAPÍTULO 14 – O CASAMENTO

Larissa viajou. Foi para um congresso em outro Estado, ficou fora por cinco dias. Chegou e logo foi convidada por Gael a ir com ele a um jantar na casa de Gustavo.

Gustavo tinha inaugurado a casa nova há vinte dias e agora que já estava muito feliz com sua nova vida, trabalho e namorada estavam ok, os negócios iam bem, por isso ele e Marta resolveram ajudar os amigos. O casal convidou Larissa e Gael para um jantar.

Gael passou na casa de Larissa, ela estava estonteante em um vestido vermelho e decotado. O pai de Melina abriu um sorriso quando a dentista entrou no carro. Ela ficou sem jeito e sorriu acanhada.

Os dois tinham se falado algumas vezes pelo aplicativo, combinaram de fazer as coisas com calma, se conhecerem mais, sem atropelar o caminho. Queriam acertar, não estavam ali para errar.

Foram pontuais e chegaram na hora marcada. A casa estava cheirosa, toda florida e com uma energia muito boa. Marta sempre ajudava o namorado com a casa, levando flores e fragrâncias para todos os cômodos.

Os dois anfitriões estavam nitidamente apaixonados e torcendo para que os amigos também se acertassem.

A mesa de jantar da área de lazer estava impecável. Gustavo foi logo abrindo o vinho e servindo para Larissa e Marta, enquanto ele e Gael beberam cerveja.

A noite estava muito agradável, o clima estava fresco e a conversa entre os amigos era muito divertida. Todos estavam muito felizes.

Gael e Larissa estavam super à vontade com os amigos, entretanto entre os dois ainda prevalecia certa distância. A dentista ainda sentia-se tímida perante aquele homem lindo, alto e maravilhoso.

Todos comeram e beberam muito bem e a hora passou muito depressa, quando perceberam já era outro dia.

Os amigos saíram da casa de Gustavo quase três horas da manhã e no caminho de volta, os dois se lembraram que ambos tinham compromisso pela manhã.

Gael deixou Larissa em sua casa. No momento que ela estava descendo do carro, ele a segurou e agradeceu pela companhia. A moça também agradeceu e quando percebeu o pai de Melina já estava beijando-a com delicadeza. O beijo foi tímido. Larissa saiu e entrou. Gael seguiu para casa.

Quando Gael acordou, percebeu que estava atrasado, tomou sua ducha na velocidade da luz, deu banho em Leo e os dois partiram para a escola.

O arquiteto foi para a loja e lá estava um velho amigo de seu pai que tinha um projeto e precisava de Gael para concretizá-lo.

Os dois conversaram bastante e o amigo saiu contente com o estabelecido. Acertaram-se e Gael seria responsável por um edifício de vinte apartamentos. As obras começariam no próximo mês, era na cidade vizinha. O arquiteto estava muito feliz.

Larissa e Gael continuaram as mensagens pelo aplicativo, durante a semana eles se falavam todos os dias como Gael e Lala.

No fim de semana Larissa fez um jantar para Gael. Ele se arrumou, se perfumou e foi. Os dois comeram uma massa gostosa e sofisticada, depois de sobremesa teve sorvete de chocolate e coco.

Conversaram bastante sobre tudo que já haviam conversado pelo aplicativo. Tudo era novo, no mundo real era muito mais difícil de falar sobre assuntos íntimos e delicados. Porém, os dois estavam se esforçando para se conhecerem melhor e deixar bem claro o que queriam e gostariam dentro de um novo relacionamento.

Gael foi super sincero e expôs sua dor do luto e dificuldade em lidar com duas crianças sem mãe. Larissa ouviu atentamente e ficou ainda mais impressionada com a força daquele pai amoroso.

A dentista novamente falou sobre seu relacionamento de anos, sobre como ela foi desleixada com seus próprios sentimentos, não se colocando em primeiro lugar e admitindo sua dependência emocional.

Disse também que agora estava na terapia e gostaria de um relacionamento onde poderia ser ela de verdade. E gostaria de realizar seu maior sonho, ser mãe, mesmo não podendo ter filhos gerados por ela.

Os dois beijaram-se. Havia atração mútua e os dois acabaram dormindo juntos. Acordaram abraçados e continuaram ali por mais um tempo, até que Gael olhou o relógio e viu que seu tempo já estava curto. Tinha que ir embora e liberar Maria, que estava dormindo com as crianças.

Gael teve a ideia de chamar Larissa para almoçar com sua família. Larissa se assustou pensando se não seria cedo demais. Gael disse que seria o começo de uma nova vida.

Quase perto do horário do almoço, Gael perguntou aos filhos se eles gostariam de almoçar em um lugar novo e diferente. Melina achou ótimo, Leo também disse sim.

Nesse momento o pai dos meninos avisou que tinha outra convidada para o almoço. Melina gritou que só iria se fosse com

Larissa. O pai gargalhou e perguntou:

— Como você acertou?

Melina sem acreditar, pulou no pescoço do pai e gritou de alegria, dizendo:

— Pai eu te amo! — E os três riram muito.

O restaurante ficava em um sítio muito lindo, o lugar era cheio de vegetação, muitas flores e tinha um paisagismo maravilhoso. As mesas ficavam ao ar livre, debaixo das várias árvores do local. Todos ficaram maravilhados com o lugar.

O almoço se estendeu pela tarde toda. Conversaram muito, riram bastante. Melina estava inebriada de felicidade.

A todo o momento abraçava e beijava Larissa, as duas estavam muito próximas e isso deixava Gael com o coração cheio de paz. Leo também brincou muito e foi muito mimado pelo pai e pela quase mamãe da dupla.

Depois do almoço Melina pediu um pudim de doce de leite para a sobremesa. Ofereceu um pedaço para Larissa dizendo:

— Minha nova mamãe, você quer um pedaço do pudim?

Larissa ouviu aquilo, sorriu e perguntou:

— Melina, o que seu pai acha da ideia de eu ser sua nova mamãe?

Melina virou para o pai e falou:

— Papai, você deixa a Larissa ser minha mamãe?

Gael olhou para a filha e disse:

— Claro, se ela quiser já está aprovada.

Larissa sorriu e ficou vermelha. Melina novamente falou:

— Mas, pai, como ela vai ser minha nova mamãe se você nem namora ela? Vocês precisam ser casados.

O casal deu risada e Gael respondeu:

— Então isso é fácil. Larissa, você quer ser minha namorada?

Melina sorriu e gritou toda feliz para a moça:

— Por favor, aceitaaaa.

A dentista olhou para os três e, com certa timidez, disse sim.

Melina gritou, levantou e pulou. Ela estava muito feliz porque agora tinha uma nova mamãe. Todos riram. Gael foi mais para perto de Larissa e os dois se beijaram timidamente. A menina adorou.

Larissa chegou à sua casa, sentou no sofá e começou a rir, estava muito feliz e ao mesmo tempo não acreditava que aquilo estava acontecendo. Pela primeira vez na vida ela estava completamente em paz.

Ela só queria que o casamento se realizasse para ser definitivamente a mãe daquelas duas crianças e esposa daquele homem lindo e maravilhoso.

Depois de três meses de namoro e de vários momentos como uma família de verdade, com as crianças sempre por perto, os dois se casaram.

O casamento foi bem íntimo, para alguns amigos e poucos familiares. Larissa estava linda num vestido branco e curto. Melina foi dama de honra e estava mais feliz que os noivos.

Dona Mirtes também estava satisfeita porque agora seus netos e seu genro seriam felizes.

As crianças ficaram com a avó, enquanto os noivos curtiram a lua de mel em Veneza. Foi uma viagem de dez dias.

Quando voltaram, todos estavam à espera dos recém-casados. Fizeram uma reunião de boas-vindas. Dona Mirtes e família, a mãe da noiva, as crianças, Gustavo e Marta, aguardavam por eles.

Fizeram uma faixa bem grande com os dizeres "seja bem--vinda mamãe, nós te amamos, Melina e Leonardo". Larissa leu aquilo e ficou muito emocionada.

Toda a família de Karina estava ali por Larissa e todos desejaram que os noivos fossem muito felizes. Disseram que Karina, com certeza, estava muito feliz com o casamento dos dois.

Larissa ficou muito comovida com os parentes da primeira esposa e disse que ela já amava aquelas crianças e seria uma ótima mãe para os dois, para sempre.

Todos caíram no choro, sem exceções. E foram embora cedo, deixando a nova família, que agora estava completa.

CAPÍTULO 15 – A NOVA OBRA

Passaram-se seis meses do casamento e Gael estava muito feliz. Sua esposa era sensacional, as crianças estavam muito felizes e todos se amavam muito.

Gael chegou à loja e logo atrás entrou Gustavo dizendo ao amigo que tinha marcado a data do casamento com Marta.

Gael o parabenizou e disse:

— Achei que não fosse mais casar.

Gustavo retrucou:

— Você que foi rápido demais, na velocidade da luz. — Os dois riram. — O casamento vai ser daqui a cinco meses e você e Larissa irão ser nossos padrinhos. Estou avisando, mas Marta disse que iremos até vocês para entregar o convite de casamento, formalmente. Coisas de mulheres — falou Gustavo.

Gael levantou da cadeira e abraçou o amigo, desejando muita sorte e felicidade. Gustavo saiu.

O amigo do pai de Gael também veio conversar. O senhor Elias falou para o arquiteto que o atraso na obra foi devido às divergências com o banco, já estava resolvido e começariam no próximo mês.

Gael ficou feliz com a notícia, seria uma obra grande e com isso ele poderia começar a investir em novos projetos, junto com sua nova esposa. Estavam pensando em montar um negócio juntos. Agora a família estava completa e a vontade de crescer estava aflorada.

Gael voltou a sonhar e a fazer planos. Estava novamente sorrindo e cheio de entusiasmo pela vida. Só queria melhorar, sempre pensando no futuro da família.

No final da semana foram almoçar na fazenda de Gustavo e lá receberam oficialmente o convite para o casamento dos amigos.

Melina e Rebeca seriam as damas de honra e Leonardo entraria com as alianças. Larissa adorou as notícias, ficou muito animada e ansiosa pelo grande dia.

O almoço foi delicioso, as crianças brincaram muito e os adultos conversaram bastante e deram boas risadas.

A dentista estava muito feliz com sua nova vida. Ela tinha uma família linda e era completamente apaixonada pelos filhos que a vida lhe concedeu. Um mês antes do seu casamento, o apartamento que tinha com o ex-marido foi vendido e com esse dinheiro Larissa e Gael abririam um novo negócio. Só estavam esperando pela oportunidade certa.

Gael estava todo empolgado e contou para a esposa sobre a obra do edifício da cidade vizinha. O momento de investirem em um novo negócio estava chegando, o arquiteto receberia um bom dinheiro com a execução do projeto.

O senhor Elias era muito amigo do pai de Gael e por esse motivo, também estava incluído na proposta de trabalho um apartamento do edifício.

O arquiteto ficou muito satisfeito com o acordo e deixou claro que faria o trabalho da melhor maneira possível. Comprometeu-se com sua palavra para que tudo fosse alinhado com as expectativas do senhor Elias.

Larissa adorou a notícia e deu um beijão no marido. Marta vendo a cena chegou próxima da amiga e disse:

— Como é bom te ver feliz assim, você está radiante, muito mais linda.

Larissa respondeu:

— Olha quem fala! Você também está lindíssima e o motivo se chama Gustavo. — As duas gargalharam.

Já era tarde quando a família de Gael foi para a casa. Depois do banho e do jantar, Larissa colocou as crianças para dormir. Melina pediu para Larissa ler um pouco para ela e depois da leitura a menina disse:

— Mamãe, por favor, você poderia ser dentista somente aqui na Terra, não vá para o céu. Eu sei que no céu deve ter muita gente precisando cuidar dos dentes, mas, por favor, fique aqui comigo.

Larissa se surpreendeu com a frase da menina e perguntou o motivo dela dizer aquilo. Melina respondeu choramingando:

— Minha mamãe Karina foi ser enfermeira lá no céu, ela foi ajudar as pessoas que moram lá. Você é dentista e eu não quero que você também vá para o céu. Deixa as pessoas com dor de dente, eu não quero que você vá, quero você aqui comigo. Fica comigo.

Larissa deu risada e disse:

— Meu amor, eu vou ficar aqui com você. Lá no céu já tem muito dentista, não precisam de mim. Eu vou ficar aqui com você. — E, com muito amor, beijou a menina.

Melina ficou muito feliz em ouvir aquilo e se tranquilizou com o medo da nova mamãe ir embora.

A dentista foi para o seu quarto e abraçou seu marido dizendo:

— Você me deu a melhor família do mundo. Amo seus filhos.

Ele beijou a esposa e respondeu:

— Nossos filhos.

O casal se beijou e Gael pegou Larissa levando-a até a cama, retirou sua roupa e começou a beijá-la. Larissa sussurrou:

— Vai acordar as crianças.

O marido respondeu:

— Não vai não, faço devagarzinho. — Larissa sorriu.

O tempo passou e a construção do edifício começou, deixando o arquiteto cheio de trabalho, afinal, ele era o responsável pela obra.

Ele cuidava de todos os detalhes, desde o projeto até a compra dos materiais. Gael acordava cedo, passava na loja, resolvia as pendências e partia para a cidade vizinha, voltava por volta das dezoito horas. Pelo menos no início, o ritmo era esse.

Gael deslocava-se até a obra todos os dias, inclusive aos finais de semana. O projeto estava previsto para ter uma duração de dez meses, sem atrasos, porém, ele era experiente e sabia que obras desse tamanho sempre atrasavam.

Sabendo disso, o arquiteto previu um atraso de dois meses. Desta forma, seriam dozes meses para a conclusão do projeto. Porém, tudo era incerto. Ele faria o possível para ficar dentro do tempo estipulado.

Houve dias de Gael sair bem mais cedo de casa, por volta das cinco horas da manhã, regressando por volta das oito horas da noite.

Larissa era bem organizada e dava conta de tudo. Cuidava das crianças e da casa, além de atender seus pacientes na clínica. O marido ficou impressionado com o compasso da esposa.

Aos fins de semana, Larissa levava as crianças para ver a avó, dona Mirtes. Elas sempre iam ao shopping, enquanto Gael trabalhava na obra. A família sabia que era somente uma fase e que, depois, eles teriam mais tempo juntos.

Gael chegou tarde. Larissa tinha colocado as crianças para dormir. Ele tomou um banho enquanto a esposa preparava o jantar, uma salada maravilhosa e um pequeno pedaço de lasanha. Por insistência dele, ela concordou com a massa no prato. Ela cuidava da alimentação do marido, ele não tinha tempo para exercícios, a esposa compensava com uma alimentação leve e saborosa.

Nesse dia, os dois resolveram vender o apartamento da obra e juntar ao montante para o investimento. A ideia era abrir um restaurante moderno e sofisticado. O casal adorava comer bem e se interessava muito pela culinária mediterrânea, era um sonho abrir um espaço onde as pessoas pudessem desfrutar de boa comida e bebida. O sonho estava próximo.

O casamento estava indo muito bem e a paz de espírito reinava na casa dos Siqueira. E com isso a vontade de crescer, expandir e ajudar outras pessoas estava aguçada para o casal de apaixonados. Eles pensaram em negócios dos mais diferentes segmentos. O restaurante seria só o começo.

Larissa acordou mais cedo, fez um café e colocou alguns pães de queijo para assar, enquanto isso foi tomar uma ducha ao lado do marido.

Tomaram café juntos, conversaram sobre os afazeres do dia. Gael, antes de sair, acordou as crianças e se despediu de sua esposa com um longo beijo apaixonado. O dia seria agitado, a obra estava a todo vapor e ele tinha várias questões para resolver.

Ele saiu e ela foi ajudar as crianças com o banho e o café da manhã. Os três saíram uma hora depois do pai. Leonardo foi para a escola e Melina foi com a mãe para a clínica. Depois a avó passou para pegá-la e levá-la à aula.

Maria continuava com a família, cuidava dos afazeres da casa para Larissa.

Gael teve que ir para outro município atrás de material para a obra. Ele andou setenta quilômetros para frente, comprou o que precisava e voltou.

Quando chegou ao local de trabalho, tinham dois caminhões descarregando materiais e outros dois para chegar. O arquiteto entrou no elevador e junto com outro colaborador, subiu para o terceiro andar. Nesse andar tinham mais quatro pessoas trabalhando.

Quando os dois homens saíram do elevador, eles pisaram no piso molhado, Gael escorregou e caiu dentro de uma carriola que tombou para o lado exterior do edifício, derrubando o arquiteto, que despencou de uma altura de doze metros.

A queda foi amenizada por algumas tábuas que estavam com metade do corpo para fora, no primeiro andar. O arquiteto caiu em cima de um dos caminhões com areia dentro. Gael foi socorrido às pressas e seguiu para o hospital. Estava desacordado.

Eram duas horas da tarde quando o telefone de Larissa tocou. Era o hospital avisando que seu marido sofrera um acidente e estava na Unidade de Terapia Intensiva (UTI).

No momento da notícia Larissa paralisou, passou um filme em sua cabeça dos momentos em família e de tudo que ela havia conquistado ao lado daquele homem, seu sonho estava se rompendo.

Ela ligou para dona Mirtes, pediu para cuidar das crianças, ligou para Marta e para a mãe, Ângela. Seguiram para o hospital.

Chegando lá, Larissa se deparou com o amor da sua vida em coma. Gael caiu, sofreu algumas fraturas e desde então, não acordou.

Os médicos explicaram a situação para a esposa. Ele poderia nunca mais acordar. Seu estado era incerto, mas apesar de tudo isso, ele tinha muita sorte porque em situações como essa, geralmente, a morte acontece no momento da queda.

No hospital tinha uma capela, Larissa se dirigiu até lá, se ajoelhou e chorou, chorou muito e pediu a Deus para que seu marido acordasse.

Ela já não tinha mais forças para chorar e pedir a misericórdia de Deus diante daquele fato. A mãe abraçou-a e chorou junto. Marta ficou ao lado da amiga querida. Depois de alguns minutos chegaram Gustavo, Francisco e Celeste.

Todos começaram a orar e pedir pela vida do arquiteto.

Foram novamente falar com os médicos. O prognóstico de Gael era incerto, ele precisava acordar para os profissionais ter um posicionamento.

Larissa não queria ir embora, porém, não tinha o que fazer ali. Gael estava inconsciente na UTI. Todos conversaram com ela e depois de algum tempo, ela se rendeu e foram para suas casas.

Melina ficou na casa dos primos e Leonardo ficou com Larissa, o menino ainda era muito pequeno para entender a gravidade da situação.

Maria dormiu com Larissa e Leonardo. Pela manhã a dentista saiu cedo para o hospital. Seu marido continuava na mesma situação. Ela foi novamente à capela pedir pela vida do amado.

Gustavo e Marta foram até lá e resgataram Larissa, levando-a para casa. Quando saiu do carro, a esposa de Gael abraçou a amiga e chorou dizendo que a vida de casada era perfeita e que agora não restava mais nada.

Marta olhou para a amiga dizendo:

— Você é forte, o seu marido é muito forte e ele vai sair dessa. Mas você terá que ser mais resistente ainda, pelas crianças. Agora aquelas crianças têm somente você.

Enquanto Gael estava hospitalizado, Larissa quase não atendeu na clínica, ela não tinha forças para trabalhar. Dona Ângela ficou o tempo todo ao lado da filha e ajudando com as crianças. Dona Mirtes e toda a sua família também estavam sempre por perto.

Melina pediu para conversar com Larissa, o pai tinha se acidentado há três dias e a menina ficou sabendo pela avó materna.

A menina estava dormindo com a mãe desde então e, na terceira noite, quis saber se o pai estava com a mamãe Karina. Larissa, disfarçando o choro, comentou:

— Não, meu amor, seu pai está dormindo, ele não foi para o céu.

Melina olhou para Larissa e disse:

— Eu acho que ele está querendo ir para o céu.

Larissa revidou:

— Claro que não, ele não vai nos deixar aqui, ele quer ficar com a gente, ele quer ver você crescer, estudar, se casar.

Melina abraçou a madrasta e disse:

— Mas minha mamãe está no céu, se ele estiver com saudade dela e quiser ir visitá-la?

— Melina, meu amor, o seu pai não quer ir. Agora somos nós quatro, ele quer ficar com a gente, ele não vai para o céu. E sua mamãe sabe disso. Sua mamãe Karina também não quer que ele vá. Ela quer muito que ele fique aqui com os filhos. Não se preocupe com isso e dorme um pouquinho.

Melina adormeceu e Larissa chorou.

CAPÍTULO 16 – O MOMENTO DA QUEDA

No momento que Gael escorregou no piso molhado e se deu conta de que estava caindo do terceiro andar, tudo aconteceu muito rápido em sua cabeça. Ele se viu caindo e a primeira coisa que pensou foi em sua esposa Karina.

Gael pensou que naquele momento ele iria morrer e rever o seu amor da adolescência. Estava feliz, mas ao mesmo tempo ele se lembrou dos filhos e de Larissa. Ficou com um medo muito grande de perecer. Foi a pior sensação que ele teve na vida.

Falecer naquele momento não era uma opção, tinha acabado de reconstruir sua vida. Todos estavam felizes, ele tinha muito ainda o que viver com aquela nova configuração de família que tinha construído.

Quando houve o contato com o piso do caminhão, Gael não sentiu nada, simplesmente tudo escureceu. Ele acordou em um lugar diferente e calmo. Estava sozinho, levantou-se, estava deitado no chão.

Viu uma imensidão de deserto, era lindo. Todavia havia algo estranho, parecia um sonho, pensou em se beliscar, gostaria de acordar. Só enxergava areia e um céu azul. Não estava calor, mas o sol estava brilhando, era cheio, grande, redondo e alaranjado. Caminhou por muito tempo, sem avistar nada. Gritava, ouvia o eco de sua voz.

Começou a ficar desesperado, lembrou-se das crianças e de Larissa. Caminhou, caminhou e caminhou. Estava sozinho. Não sentia calor, nem sede, nem fome. Andou por várias horas, por várias direções. Era somente areia e céu.

Sua mente começou a pensar no que estava acontecendo. Ele se lembrou da queda, pensou que talvez estivesse morto. Mas o céu seria aquele lugar vazio? Gael se negou a acreditar na própria morte.

Melina acordou e chamou pela mãe, Larissa veio correndo e a menina disse que sonhou com a mamãe Karina.

Karina estava com a filha num parque onde tinha escorregador e balanço. Melina estava no balanço e Leonardo no escorregador com a mãe. A mãe estava sorrindo e quando Larissa adentrou ao parque, os filhos de Karina foram em direção à dentista.

Larissa disse à menina que o sonho foi devido à conversa que tiveram sobre Karina. Melina falou que a mãe estava esperando por Gael.

— Onde ela está, Melina?

— No céu — respondeu a menina.

Larissa sorriu e falou que o pai vai acordar e ficar bem. As duas se abraçaram.

Gael caminhou por mais algum tempo e viu uma tenda branca no horizonte. Começou a dar passos mais largos para chegar até lá. A tenda que parecia estar mais próxima, cada vez ficava mais difícil alcançá-la. De repente, ele começou a ouvir uma voz gritando seu nome. A voz estava cada vez mais perto e quando o marido de Larissa chegou mais próximo daqueles panos brancos, notou uma figura feminina.

Karina estava com um longo vestido branco, fluido, esvoaçante, que se movimentava com o vento. Ela estava linda.

Quando Gael percebeu que era a mulher de sua vida, ele correu para os braços dela e a agarrou. O abraço foi forte e cheio de amor. O marido ficou fascinado com a beleza da mulher, era estonteante.

Os dois enamorados ficaram alguns minutos abraçados e depois mais alguns minutos olhando um para o outro. Karina disse que sentiu saudade e Gael respondeu dizendo que a vida ficou muito difícil sem ela por perto.

Sentaram-se debaixo daquela tenda branca, com várias almofadas coloridas. Karina perguntou ao amado:

— Meu amor, você sabe onde está?

Gael disse:

— Estou no melhor lugar do mundo, ao seu lado.

Karina olhou para ele e questionou novamente:

— Você sabe onde está?

— Não, mas não me importo, estando com você estou bem.

Karina falou, com todo amor e cuidado, que Gael estava numa transição de mundos, na verdade ele estava ali somente em espírito. O seu corpo estava no hospital, em coma.

Gael ficou atônito com aquela informação e perguntou se estava morto. Karina voltou a repetir que ele estava em coma, não morto.

Pediu para ele se concentrar e pedir ao Pai para que ele voltasse para os filhos. Ele precisava voltar para os filhos e para Larissa.

Gael, nesse momento, lembrou-se de Larissa e sua feição se fechou.

— Desculpe-me, meu amor — falou o arquiteto.

Karina o acalmou dizendo que Larissa foi a melhor decisão

que ele poderia ter tomado.

— Ela é a mãe perfeita para os nossos filhos.

Ele estava muito feliz de estar ali com a amada, no fundo estava dividido entre voltar e ficar. Karina sabia disso e por esse motivo falou:

— Meu amor, você precisa voltar, eu te amo e sempre vou amá-lo até o infinito e sei que você também me ama e sempre me amou. Porém, nosso tempo juntos acabou. Você precisa voltar e ficar com os nossos filhos. O seu amor não deve ser direcionado somente a mim, eu já fiz minha partida da Terra. Quando viemos para o outro plano, o amor se transforma, ele é universal, não é carnal. Você pode e deve amar sua esposa, da mesma forma que me amou, não se sinta fazendo algo errado. Não está. Pode deixar Larissa entrar em seu coração e preenchê-lo completamente. Fazendo isso, eu também estarei bem. Vá e seja muito feliz. Nossos filhos precisam de você. Eu sempre estarei ao seu lado.

Gael chorou, beijou a esposa e foi correspondido. Karina se levantou, disse adeus e caminhou para longe da tenda, sumindo na imensidão do deserto.

Gael ficou ali, observando a esposa desaparecer. E desejou imensamente voltar para sua família. Sentiu uma paz muito grande vinda de Karina e essa paz o invadiu, transformando aquela angústia no peito em plena mansidão.

Gael estava hospitalizado há quatro dias e a família estava sem respostas para seu caso. Os médicos aguardavam ele acordar para avaliar o quadro clínico, os danos cerebrais.

Larissa novamente foi até o hospital conversar com os médicos e saiu com incertezas.

Nesse período de ausência do marido, ela era o grande alicerce para os filhos. Melina e Leonardo estavam sentindo a falta do pai e Larissa estava fazendo tudo para amenizar a dor das crianças.

Dona Ângela, Marta, Gustavo e os familiares de dona Mirtes também estavam dando o maior apoio à família. Todos estavam em boas mãos.

Gael estava na cama do hospital e se via num deserto, ao horizonte só se notava areia. Ele caminhava e não encontrava nada, até um momento que se ajoelhou e pediu a Deus para que voltasse.

Enquanto ele estava ajoelhado no meio do nada, abriu-se no céu uma visão e ele pôde ver seus entes queridos. Eram Melina, Leonardo e Larissa, os três estavam em casa, na cama do casal. A dentista contava histórias infantis para a dupla. Depois pegou o cobertor para as crianças, colocando-as para dormir. Contudo, antes, pediram ao Senhor para que o pai voltasse para casa.

Gael, vendo a cena, encheu-se de alegria e gratidão por aquela esposa e definitivamente entendeu que Larissa era a mulher da vida deles. A mãe e esposa perfeita.

Ele tinha uma segunda chance para viver bem e feliz e precisava voltar para casa. Agradeceu ao Pai pela esposa que tinha e pediu mais uma vez para que pudesse regressar.

CAPÍTULO 17 – A VOLTA PARA CASA

Onze horas de sábado, dona Ângela passou na casa da filha e foram almoçar. Larissa estava desanimada. As crianças estavam na casa de dona Mirtes.

Gael estava no hospital há quinze dias sem nenhuma novidade no seu quadro clínico. A espera era atordoante. A esposa estava muito triste com a situação e começava a perder as forças, perder a esperança.

Mãe e filha se encontraram com Marta no restaurante. Quando estavam saindo do local, Larissa recebeu uma ligação do hospital dizendo que Gael abriu os olhos. As três mulheres choraram de emoção e se dirigiram para lá.

No hospital, o médico responsável veio falar com Larissa e disse que estavam confiantes que a resposta seria positiva, pois o paciente, naquela manhã, tinha começado a ter reações a estímulos. Ela ficou muito feliz com a notícia e foi até a capela agradecer pela agradável novidade.

Dois dias depois, finalmente Gael acordou. Larissa correu para o hospital e quando chegou ao quarto do marido, ele estava conversando com a enfermeira.

Quando o arquiteto olhou para Larissa, ele soltou a seguinte pergunta:

— O que você está fazendo aqui?

Ela, sem entender, se aproximou dele e o beijou no rosto. O marido a repreendeu e disse que eles não se conheciam e disse que não queria reencontrá-la nunca mais na vida.

A esposa olhou, ficou confusa e perguntou:

— Você não está me reconhecendo?

O arquiteto respondeu:

— Claro que sim, você é a mulher mais mal-educada que eu já conheci na face da Terra. Lembra-se do supermercado? Eu estava super atarefado, atrasado, com um carrinho cheio de compras que esbarrou em você. Naquele dia eu estava cansado de sofrer, tinha perdido o amor da minha vida, minha esposa. Meus filhos estavam sem a mãe, eu não sabia mais o que fazer para resolver a minha vida de sofrimento, não sabia como ajudar os meus filhos, que são somente crianças e necessitam da mãe... E nesse contexto apocalíptico onde eu estava no limite de minhas forças, me aparece você, para ajudar a acabar com tudo. Eu ainda pedi perdão e você me tratou com desdém tão grande, com um ar tão superior, que não tenho como não me lembrar de você, infelizmente. Causou-me um asco tão grande, que eu não quero ter o desprazer de te ver mais na minha frente, nunca mais.

Larissa começou a chorar, aproximou-se de Gael, segurando-o pelo braço. Ela começou a falar, ele não deixou e se desvencilhou dela. Pediu para a enfermeira retirá-la do quarto. Pediu também para chamar dona Mirtes e as crianças.

A esposa, sem entender o que estava acontecendo, foi falar com o médico. Ela estava totalmente em choque com tudo que acabara de ouvir. O especialista disse que o quadro era de amnésia, mas era uma condição provisória, temporária e a qualquer momento as lembranças iriam surgir.

Larissa perguntou o motivo do marido não a reconhecer e se lembrar de um fato específico do passado.

— Esse fato foi muito marcante para ele, causou uma dor profunda e muito grande, foi um trauma. Essa memória ficou registrada no seu subconsciente, criando raízes — foi a resposta do médico.

Larissa ficou embasbacada, não sabia como aquele dia do supermercado tinha mexido com as emoções do marido a ponto de ser traumático.

Dona Mirtes chegou e Larissa contou tudo o que havia acontecido. A sogra entrou no quarto do genro e ele a abraçou, Gael reconheceu a mãe de Karina e perguntou das crianças.

A sogra questionou por que Larissa não entrou no quarto e a resposta foi que ele não conhecia nenhuma mulher com esse nome. Dona Mirtes não soube o que dizer.

Marta e Gustavo foram até Gael. Ele cumprimentou o namorado de Marta como se não tivessem se visto desde a faculdade. Marta foi reapresentada ao arquiteto.

Dois dias se passaram e dona Mirtes perguntou ao médico se eles poderiam forçar a convivência do casal na mesma casa, se isso não teria complicações para a saúde do genro. O médico disse que poderiam e que o paciente estaria de alta em dois dias.

Os profissionais da saúde não tinham mais o que fazer, além de esperar o paciente recuperar parte da memória que estava perdida. Regularmente Gael precisaria voltar ao hospital para realizações de exames, mas deveria ir para casa. O convívio da família seria o melhor remédio para ele.

A sogra de Gael resolveu falar com Larissa, disse que o melhor a ser feito, seria contar tudo o que tinha acontecido para o genro e levá-lo para casa. Contar sobre o relacionamento dos dois e o casamento. A dentista ficou preocupada e perguntou como eles iriam morar juntos, se ele a detestava.

Dona Mirtes disse que essa ideia seria a melhor opção para

fazer Gael se lembrar mais rapidamente de tudo.

Os médicos disseram para a família que o paciente mais cedo ou mais tarde se lembraria. Essa falha na memória estava relacionada com o período difícil em que o paciente se encontrava no momento do lapso das lembranças, ou seja, no momento do encontro com Larissa no supermercado.

Todos entenderam a explanação. Nesse dia houve o ápice do problema. Foi um momento marcante, chocante, onde o paciente estava exaurido de suas forças mentais. Por esse motivo, sua mente travou ali, naquele momento de dor.

CAPÍTULO 18 - VIDA A DOIS

No último dia de hospital, dona Mirtes contou para o genro o motivo de Larissa aparecer no quarto no dia que ele acordou. A sogra explicou que os dois eram um casal, que estavam casados e se amavam muito.

Gael ficou incrédulo com a notícia. Pediu para a sogra repetir mais duas vezes porque realmente aquela história era inimaginável para ele.

O genro perguntou se os filhos aceitavam a madrasta e a resposta foi mais assustadora ainda. Para Melina e Leonardo ela não era madrasta, ela era a nova mamãe, doce e amável que chegou para amá-los e cuidar deles para o resto da vida.

Dona Mirtes disse:

— Gael, confia em mim, a Larissa é sua esposa, você e seus filhos são apaixonados por ela. Você precisa ir para a casa e Larissa vai estar te esperando. E você vai se lembrar de tudo muito rápido, não se preocupe.

Ele chegou à sua casa. Larissa estava com as crianças, dona Ângela, Marta, Gustavo e toda a família de Karina. Todos estavam muito confiantes que a recuperação seria ligeira.

Antes de Gael voltar, Larissa teve uma conversa com sua mãe Ângela e dona Mirtes. Não estava convicta em ficar na mesma casa que o marido. Porém, a sogra de Gael disse para a dentista não desistir, que tudo era questão de tempo e tudo se ajeitaria. A mãe de Larissa estava apreensiva com a situação inusitada que a filha enfrentava, mas concordou com dona Mirtes.

Todos os presentes conversaram bastante com o arquiteto,

Larissa serviu alguns comes e bebes. As crianças estavam muito felizes com a volta do pai. A reunião se alongou por duas horas. Quando o último convidado saiu, Gael acompanhou Maria para o banho nas crianças. Ela era um anjo e estava com Larissa para ajudar nesse momento difícil.

A esposa lavou a louça, guardou as sobras de comida e foi para o quarto. Gael disse que ficaria no quarto de Leonardo, já que o quarto de hóspedes estava ocupado por Maria.

A mulher se recusou dizendo:

— Imagina! Claro que não! Você necessita de cuidados, está com a clavícula quebrada, com o braço quebrado... Você não vai sair do seu quarto. — Respirou fundo e emendou dizendo: — E nem eu. Vamos dormir na nossa cama.

Antes da chegada de Gael, depois da conversa com a mãe e dona Mirtes, ela foi para o quarto, estava morrendo de medo, mas se olhou no espelho e disse em voz alta:

— A partir de hoje, você será a mulher mais confiante, mais destemida de sua vida. Não tenha medo, você o ama, ele ama você e você sabe disso. Tenha coragem e aja como deve agir. Seja firme. Não desista. — Foi tomar um banho, chorou muito no chuveiro, porém, sabia o que tinha que ser feito.

Gael não entendia como ele se casou com aquela pessoa. Larissa perguntou ao marido se ele precisava de ajuda para se lavar. Ele recusou e foi para o banho. Dez minutos depois ele a chamou e pediu auxílio.

Ele questionou se ela se importaria de vê-lo nu. Larissa sorriu e disse estar acostumada com a visão. Ela ajudou o marido a se despir, colocou um plástico no gesso do braço e ele entrou no chuveiro. Estava muito constrangido com aquela mulher, não pela nudez, mas pela intimidade do momento.

Deitaram na cama, com um espaço bem considerável entre eles, ambos estavam desconsertados com a situação. Larissa perguntou se ele precisava de mais alguma coisa. Ele respondeu que não. Apagaram a luz e foram dormir.

Ela não conseguia dormir e não queria ficar se movimentando na cama, para não atrapalhar o marido pegar no sono. Gael também estava agitado, sem sono. Demorou, mas dormiram.

Amanheceu e Gael falou:

— Você fala dormindo.

Larissa respondeu:

— Eu falei algo?

— Você estava sonhando com a Melina, você disse: "Melina, meu amor, eu te amo, eu estarei sempre com você".

Larissa disse que não se lembrava do sonho e afirmou que amava a enteada e que a considerava filha verdadeira. Gael quis saber mais, como poderia ela amar a filha dele e considerá-la como sua própria filha.

Larissa perguntou se ele gostaria de ouvir a história dos dois. Ele disse sim, mas não naquele momento. A esposa não gostou de ouvir a negativa do marido, ela queria começar a falar o quanto antes sobre o relacionamento dos dois. Foram tomar café com as crianças, Maria já tinha preparado tudo.

O pai de Melina ficou surpreso de ver como a menina era próxima da madrasta. Elas se cumprimentaram e se beijaram com muito amor. Leonardo também amava Larissa e sempre chamava por mamãe.

Gael ficou um pouco confuso com os filhos chamando outra mulher de mãe. Ficou o tempo todo observando a relação da mal-educada com seus filhos. Quanto mais ele pensava, mais ele achava aquilo tudo muito estranho.

Todos ficaram em casa, à tarde Marta ligou e conversou bastante com Larissa. Longe do marido, a dentista desabafou com a amiga dizendo que estava muito difícil.

Marta disse para Larissa aguentar firme e começar a provocar o marido, desta forma, a memória dele voltaria mais rápido.

— Como assim? — perguntou Larissa.

— Coloca uma lingerie bonita para dormir, fica nua na frente dele.

Larissa ficou vermelha, sorriu e disse:

— Será que consigo?

— Claro que sim. Ele é seu marido — falou Marta.

Larissa acatou a ideia.

CAPÍTULO 19 – O PLANO PERFEITO

Depois de dois dias em casa, Gael resolveu ir trabalhar. Foi para a loja e Gustavo foi vê-lo. Gustavo soube que o acidente foi causado enquanto estava na obra do senhor Elias, amigo de seu pai. Os dois amigos foram até o local para conversar com os colaboradores. Quando chegou ao local, todos vieram cumprimentar o arquiteto e depois de alguns minutos o senhor Elias chegou.

Gael explicou para o homem que ele poderia continuar com a obra, seria só o tempo dele se informar de onde parou. O senhor Elias ficou muito feliz de vê-lo bem e concordou dele continuar, só fez uma ressalva para ele ficar no chão. Os dois amigos riram e concordaram com o pedido.

O arquiteto fez questão de deixar claro que a amnésia temporária não afetava o seu trabalho e ele poderia realizá-lo com excelência. Porém, ele teria que ter um motorista à sua disposição, pois, com o braço quebrado, dirigir não era uma possibilidade.

Os dois amigos saíram dali e foram almoçar. Gustavo perguntou de Larissa e Gael comentou que estava muito confuso com esse assunto.

— Não consigo entender como podemos ser marido e mulher e também não entendo como meus filhos amam aquela moça.

Gustavo contou para o amigo como tudo se desenrolou entre o casal e Gael percebeu que todos adoravam Larissa. O arquiteto pensou que talvez estivesse em algum mundo paralelo e que acordaria a qualquer momento e sairia daquela confusão em que se encontrava.

Gael conversou bastante com Gustavo, depois passou na

casa da sogra e fez as seguintes perguntas:

— Dona Mirtes, o que acha do meu relacionamento com a Larissa? Somos realmente compatíveis? Antes do acidente estávamos bem?

E ouviu a mesma história, antes contada pelo amigo, agora saindo da boca da avó dos seus filhos. Todos concordavam que o casal era mesmo apaixonado um pelo outro e ele e os filhos estavam super felizes com a chegada de Larissa.

Saiu e foi buscar Melina na escola. No caminho para a casa, puxou a conversa com a filha e a menina se derreteu em elogios para a nova mamãe.

Gael pensou em tudo que ouviu e achou melhor tentar dar uma chance para os dois. Avisou Larissa que gostaria de ter uma conversa a sós.

A família jantou, as crianças ficaram um pouco com o pai e depois foram para a cama. Gael se dirigiu ao quarto para conversar com a esposa.

Enquanto o marido foi colocar os filhos para dormir, Larissa foi para o banho e quando ele chegasse, ela iria se trocar na frente dele. Tinha refletido sobre a conversa com Marta e colocou o plano para funcionar.

Ele entrou, perguntou para e esposa se ela estava pronta, ela respondeu que já estava terminando.

Gael sentou na cama e aguardou. Dois minutos depois, Larissa saiu do banho enrolada em uma toalha. Pegou um creme hidratante, colocou o pé em cima da cama, se apoiando. Enquanto foi passando o creme no pé e subindo pela perna, perguntou ao marido o que ele tinha para falar.

O marido olhou aquela mulher quase nua em sua frente e

ficou desconsertado com a cena, pensou: *apesar de ser mal-educada, ela é linda.*

Gael ficou admirando a mulher se besuntar de creme hidratante e falou que tinha conversado com Gustavo e dona Mirtes. E precisava ouvir dela a mesma história.

Destacou que, infelizmente, ainda não se recordava da vida dos dois, mas estava disposto a ser maleável e tentar recuperar a memória o mais rápido possível.

Larissa ouviu e continuou a passar o hidratante pelo corpo. Passou nas duas pernas. Colocou-se de pé no chão e começou a lambuzar os braços.

Falou para ele que estava feliz ouvindo aquilo e que faria de tudo para ele voltar ao normal o quanto antes. Nesse momento ela terminou de hidratar os braços e desenrolou a toalha. A toalha caiu no chão deixando-a de *topless*. Estava vestindo somente uma calcinha muito pequena. Gael fixou os olhos nela e ela percebeu a surpresa do marido.

Larissa passava o creme, lentamente, nos seios e na barriga. Para disfarçar sua estratégia, continuou a conversa perguntando se ele gostaria de ouvir a versão dela.

Ele, meio engasgado, disse que sim. Já tinha ouvido duas versões e agora precisava que ela contasse também.

Larissa colocou uma camisola branca, curta e sexy, sentou-se ao lado do marido e começou a falar. Ela disse os motivos dela ter se comportado mal nas duas situações que eles se encontraram e ele se recordava. Contou também do aplicativo, mostrou e pediu para ele entrar no aplicativo dele, para ver as longas conversas amáveis e cheias de carinho que eles trocaram.

Enquanto ela falava, ele começou a prestar atenção naqueles lábios e sua cabeça começou a imaginar como seria poder encostá-los. Larissa percebeu que o marido estava longe e perguntou se ele gostaria de dormir.

Ele disse que não e falou que gostaria de fazer algumas perguntas mais pessoais. Ela concordou dizendo não ter problema, eles eram íntimos.

— Você colocou essa roupa para me provocar?

Larissa ficou vermelha.

— Claro que não, estou em minha casa, com o meu marido, no nosso quarto e posso dormir do jeito que eu quiser.

Gael disse a ela que ele não era bobo. E perguntou se ela estava planejando algo.

Ela se fez de desentendida e retrucou questionando o que ele estava pensando.

— Você quer me seduzir? — perguntou ele. Ela questionou:

— Consigo fazer isso? Ou será que você vai ficar remoendo aquela cena do supermercado? Revivendo aquela dor latejante do passado? Aqueles momentos onde sua família estava sofrendo? Você não acha que é sofrer novamente?

Gael ficou pensativo e falou para a mulher que depois do banho, eles continuariam a conversa. No chuveiro, ele pensou no que foi dito e a imagem daquela esposa atraente não saiu da sua mente. Ele sabia que ela tinha razão, seria melhor fazer o possível para aquele sentimento de asco pela mulher do supermercado ficar no passado. Concentrou-se somente na imagem de Larissa com a camisola transparente. Saiu do banho.

Ela estava sentada, descoberta, lendo um livro. Ele sentou ao lado e falou que ela tinha razão, seria melhor se concentrarem em construir novamente o relacionamento.

Ela sorriu, virou para o lado e colocou o livro em cima da mesa de cabeceira. Olhou para ele e perguntou como eles iriam começar a fazer aquilo.

Ele mirou, segurou o pescoço dela e a encostou em seu corpo puxando-a para perto, sussurrando em seu ouvido:

— Assim...

Gael lambeu os lábios de Larissa que correspondeu beijando-o com toda a vontade que ela tinha, ele a abraçou forte ao mesmo tempo em que a beijava.

Ele se deitou em cima dela percorrendo-a com as mãos dos pés à cabeça. Ela sentiu um calor muito grande e um desejo incontrolável por aquele marido.

Ela falou baixinho:

— Se você faz isso somente com um braço, quero ver o que pode fazer com os dois.

Ele deu um sorriso e continuou. Levantou a camisola e beijou o abdome da esposa, vagarosamente. Larissa gemeu de desejo por aquele homem lindo.

Ela ajudando-o, retirou a peça de roupa e ficou somente de calcinha. Ele pegou a calcinha com a boca, desceu pelas pernas e deixou ao chão.

Eles se viraram na cama, Larissa ficou por cima e começou a lamber o peitoral do marido. Fez isso no corpo inteiro. Gael sussurrava palavras provocativas no ouvido da esposa.

Ela engoliu a genitália do varão, ele se arrepiou e inflou de tanto desejo por aquela mulher.

Ele desceu a cueca, fez um giro e Larissa ficou por baixo. Ela estava pedindo mais, ele foi até a genitália dela, chupou e mordiscou levando a mulher ao grau de excitação máxima.

Gael voltou aos lábios da esposa e respondendo ao desejo de ambos, fez o primeiro movimento de entrada. Larissa gemeu, gritou. Ele começou os movimentos lentamente e foi acelerando. Ela gemia mais e mais. Ele segurou as nádegas da esposa e cravou, Larissa urrou. Continuaram com os movimentos e os dois explodiram. Os dois gemeram e gritaram, esquecendo que as crianças estavam em casa. Adormeceram.

Larissa acordou com Gael beijando seus seios, ela olhou para o relógio na mesa, eram três horas da manhã. Ela perguntou o que ele estava fazendo. Ele, sem parar de beijá-la, disse que estava tirando o atraso do casamento.

Ele desceu até suas pernas, beijou entre elas e subiu, chegando ao pescoço. Deitou ao lado e puxou Larissa deixando-a também na posição lateral, à frente dele.

Penetrou forte, deixando Larissa gemendo baixinho. No ouvido dela, ele disse que ainda não tinha lembranças, mas estava muito interessado em fazer aquele casamento funcionar.

Gael continuou se movimentando e Larissa foi ficando cada vez mais encharcada. Ele continuava beijando e lambendo o pescoço e as costas da esposa e ela transbordou de desejo, fazendo ele também alcançar a plenitude. Eles adormeceram.

No dia seguinte ela acordou com um sentimento nada bom. Larissa se lembrou que Gael disse que queria fazer o casamento funcionar, tirar o atraso. Ela olhou para o lado e o marido estava em sono profundo.

Levantou-se e foi tomar banho. Ficou pensando que a noite foi ótima, mas com a fala do marido, se sentiu enojada. Era um objeto nas mãos daquele homem.

Ele não estava apaixonado por ela, ele não era o marido

amável que tinha sentimentos verdadeiros por ela. Ele era um homem que descobriu que poderia fazer sexo com uma mulher totalmente disponível para ele. Larissa chorou debaixo do chuveiro..

Quando Gael saiu do quarto, Larissa estava tomando café com as crianças. Ele disse bom dia, beijou os filhos e deu um selinho na esposa, disse que a noite tinha sido excelente, ele estava se sentindo muito bem.

Melina, ouvindo a conversa, perguntou o que ele fez que tinha melhorado. Ele riu e falou que a mamãe cuidou dele com muito amor e carinho.

A menina concordou com pai dizendo:

— A mamãe cuida muito bem de nós.

Gael riu. Larissa não gostou do que ouviu e permaneceu quieta.

Melina quis saber o que fariam naquela tarde de sábado. A mãe respondeu que iriam à casa da avó. Leonardo falou que queria tomar sorvete. Gael disse que na casa da vovó tinha sorvete. As crianças adoraram.

Na saída para a casa de dona Mirtes, Larissa falou que deixaria as crianças e Gael com a sogra e iria visitar sua amiga Marta. O marido não gostou e falou que iria junto à casa do casal. Gael ligou para Gustavo e avisou o amigo.

Chegando à casa, Marta ficou com Larissa na sala de estar e Gustavo levou Gael para a área de lazer. Marta percebeu que a amiga estava desanimada e perguntou o que estava acontecendo.

Larissa começou a chorar. Marta ficou desesperada e a levou para o quarto de hóspedes, para conversarem sem interrupções.

— Conta o que houve — pediu Marta.

Larissa começou:

— Eu me insinuei para o meu marido, coloquei uma lingerie sexy e ele caiu. O plano perfeito funcionou.

A amiga comemorou. Larissa falou:

— Espera, mas agora está pior. Ele disse que vai fazer o casamento funcionar. — E caiu no choro.

Marta não entendeu nada e perguntou:

— Mas qual é o problema?

A dentista respondeu:

— Ele me tratou como um objeto. Senti-me um pedaço de carne na mão dele. O sexo foi magnífico, mas ele não sente nada por mim. Ele disse que vai fazer o casamento funcionar, depois que nós transamos duas vezes na noite. Foram duas vezes excelentes, com preliminares de arrepiar tudo. A excitação foi enorme e o orgasmo sensacional. Ele adorou, assim como eu. Porém, ele está pensando no sexo, não há sentimento. Ele viu que a gente tem liga e está querendo mais. Ele está me vendo como uma mulher qualquer, somente para satisfazê-lo. Eu não quero isso. Sou a esposa dele, eu amo aquele homem. E sei que ele me ama, mas, no momento, ele só me enxerga como objeto para o sexo. Fazer sexo por sexo está ok, se for entre duas pessoas que não se amam e estão ali só para esse determinado fim. Mas ele é o homem que eu amo, eu faço sexo com a pessoa que amo e ele faz sexo com uma mulher-objeto. E pior, ele faz sexo com a mulher que ele mais odeia na face da Terra, a mulher mal-educada do supermercado. E sendo assim, ele está descarregando a energia dele sem hesitar, pensando na cabeça de baixo. E só. Homens sabem fazer isso muito bem. Separar sexo do amor é muito fácil para eles. E é o que ele está fazendo. É só desejo e satisfação. Tenho certeza de que ele vai querer transar comigo toda noite. Eu sou o objeto que ele tem a qualquer hora, qualquer momento.

Marta olhou para o rosto da amiga, Larissa estava apavorada, triste e enojada com a situação.

— Você poderia olhar para ele desse modo também — falou Marta.

— Como? — perguntou Larissa. — Como faço para objetificar o amor da minha vida, fingir que é só prazer? Não dá para fazer isso. Eu não consigo. Ainda mais nesse momento.

— Amiga, você precisa fingir que ele é um estranho. Ele não é o Gael que você conhece, ele é o homem antes do Gael, amor da sua vida. Esse cara você não conhece, então, você pode sim fazer isso. Faça com ele a mesma coisa. Faça dele o seu objeto. Transe com ele a todo o momento, em todo lugar, toda hora, todo minuto — falou Marta.

Larissa respondeu:

— Mesmo que eu tente fazer isso, como iremos fazer sexo dessa maneira com crianças em casa?

Marta pensou e respondeu:

— Explica a situação para dona Mirtes e peça para ela hospedar as crianças pelo menos uns três dias. Faça isso no fim de semana. Essa próxima semana você vai ser a mulher que ele quer, mas com cautela. Fala que durante a semana, devido ao trabalho e as crianças, vocês têm que pegar mais leve, entretanto você quer ficar a sós com ele no final de semana. Por isso levarão os filhos para a avó. Leva sexta e busca somente na segunda. Peça para ele ficar sexta em casa e você também pega uma folga. E começam a jornada de três dias. Sexo por três dias. Nesse período você esquece que é casada com ele e faça dele seu objeto — concluiu Marta.

Larissa não sabia mais se apreciava as ideias da amiga.

CAPÍTULO 20 - NOITES PROMISSORAS

No domingo Larissa disse ao marido que gostaria que o próximo fim de semana fosse do casal. Ela avisou que pediria para dona Mirtes ficar com as crianças, seriam três dias de adultos com noites promissoras.

Chegou mais perto, ao ouvido do marido e disse:

— Noites promissoras de muito sexo.

Gael se animou e concordou com a esposa, dizendo que eles necessitavam ficar a sós para se conectarem. Larissa sorriu e falou que seriam dias e noites das mais variadas sensações.

O arquiteto comentou com Gustavo que estava se dando muito bem com Larissa, ela era muito atraente e ele estava gostando disso. Falou também que os dois eram muito bons juntos.

Gustavo riu e perguntou para o amigo se ele amava a esposa. A resposta foi que sexo e amor são coisas distintas e que naquele momento ele estava apreciando a primeira opção.

No meio da semana, Gael colocou as crianças na cama e foi ficar com Larissa no quarto. Ele a agarrou tirando a camisola dela. Larissa disse estar com dor de cabeça e precisava dormir. O marido não ficou feliz, mas concordou. Porém, a esposa o lembrou de que o fim de semana estava próximo e eles iriam se divertir muito.

A dentista falou com dona Mirtes e explicou o que estava acontecendo, as duas eram muito próximas e Larissa precisou deixar o acanhamento de lado e falar com a avó das crianças.

Na sexta-feira, Larissa chegou à casa e foi para o banho, Gael iria chegar depois das vinte horas. Ela pediu um jantar e quando o marido chegou tudo estava pronto, a mesa estava posta, a mulher estava estonteante num vestido azul e o marido foi se lavar. Voltou todo arrumado. Ela viu aquele homem e pensou que fosse uma miragem, de tão lindo que ele estava.

Eles conversaram bastante, comeram e beberam. Os dois começaram a dançar na sala. Ele esfregava suas mãos pelo corpo da mulher enquanto beijava o pescoço dela.

Larissa passou a semana inteira contornando as investidas do marido, transou com ele duas vezes e nas outras inventou dores para dormir em paz. Agora ela estava pensando se seguia os conselhos da amiga até o fim ou parava por ali.

Gael começou a desabotoar o vestido da mulher e Larissa pediu para ele não continuar. Ela falou que não queria ficar sem roupa, ele insistiu. Larissa perdeu a paciência e gritou:

— Para com isso, eu não quero ficar com você, eu não sou objeto. — Começou a chorar descontroladamente.

Gael se assustou com a reação da esposa e perguntou o que ela estava fazendo. Ela disse que estava cansada de ser somente um pedaço de carne nas mãos dele. Ela era uma pessoa inteligente e sabia que ele só estava interessado no sexo e não se importava realmente com ela. Larissa falava e chorava ao mesmo tempo.

O marido também aumentou o volume da voz e disse que realmente ele não era a pessoa que ela conheceu, ele era a pessoa que não a amava, mas que ele gostaria de poder viver o casamento dos dois.

Ela retrucou chamando-o de mentiroso porque ele só queria uma parte do casamento, o sexo.

Gael admitiu que transar com ela era uma delícia e queria continuar, mas também foi sincero quando disse que gostaria que a memória voltasse o quanto antes.

— Isso é muito angustiante — falou ele.

Ele a abraçou e Larissa não aceitou o abraço e foi para o quarto. O marido ficou abalado com a reação da esposa, mas não demonstrou. Foi comer a sobremesa, o pudim de leite condensado. Dormiram sem trocar palavras.

No outro dia, Larissa acordou cedo e foi preparar o café. Ela não sabia o que iria fazer, estava pensando se buscaria as crianças e acabaria com o final de semana prometido.

Ele acordou e se dirigiu à cozinha, ela estava lá. Falou bom dia e sentou-se ao lado da esposa. Gael tentou argumentar dizendo que ele gostaria muito de voltar para sua vida verdadeira. Ele disse que sempre foi um homem companheiro, que sempre se importou com os sentimentos da esposa e que era realmente um homem de bem, que pensava e vivia uma vida familiar.

Falou que acordou durante a noite e pensou no acontecido. Disse também que teve um sonho, sonhou com a esposa falecida. No sonho Karina disse que Larissa era a esposa ideal para ele e a mãe que os filhos precisavam e amavam.

Gael pediu perdão:

— Por favor, me perdoe pelos meus atos, pelo modo que me comportei com você. Fui canalha, pensei só em aproveitar o momento. Quando você apareceu e ficou nua na minha frente, me empolguei, pensei com a cabeça de baixo. — Ele continuou: — Quando beijei e toquei você, foi tão bom... Pensei "que delícia de mulher". Foi tão incrível que só pensava nisso, queria isso todos os dias. Enlouqueci. Perdão novamente.

Larissa ouviu aquilo e chorou. Gael pediu para ela não chorar. Ele pediu para não buscar as crianças porque gostaria de se acertar com ela.

— Eu quero passar esses três dias ao seu lado, curtindo nosso momento. Vai ter sexo somente se você quiser e se sentir à vontade comigo. Peço perdão, novamente, pela minha falta de sensibilidade — falou o marido.

Larissa parou de chorar, concordou com o marido e desistiu de buscar os filhos.

Passado o estresse da conversa, ele perguntou se ela gostaria de ver um filme na TV ou no cinema, ou fazer qualquer outra coisa. Precisavam fazer coisas que casal fazem.

Larissa preferiu ficar em casa e saírem para o cinema à noite e depois jantarem. Eles faziam isso muito, os dois adoravam comer bem. Ele achou ótimo.

Gael disse que ele ficaria ao lado dela, na cama do casal, ela lendo e ele revisando as planilhas do trabalho, pois precisava se inteirar com tudo o quanto antes. Estava um tempo agradável, eles abriram a janela, o dia estava claro e bonito. Depois de uma hora e meia voltaram para a cozinha.

Fizeram uma salada a quatro mãos. Sentaram, comeram e conversaram muito sobre as crianças. Larissa contou todos os detalhes do que aconteceu durante a estadia dele no hospital. Falou que Melina pediu para ela não ir para o céu consertar os dentes do pessoal de lá e também contou do sonho que a filha teve com Karina.

Nesse momento Gael ficou pensativo e entendeu que ele não sonhou com a falecida esposa, ele se encontrou com ela. Gael falou:

— Eu me encontrei com Karina enquanto eu estava em coma, ela mesma me avisou. Eu perguntei se eu estava morto, ela disse que não, disse que eu estava em coma, no hospital. Karina disse que me ama, mas agora é você a minha mulher e a mãe dos nossos filhos. Ela falou que você é perfeita para nós, que você ama a nossa família. Despediu-se e sumiu no deserto.

Larissa ouviu tudo aquilo e ficou sem palavras. Gael se aproximou dela e a beijou timidamente. Ela correspondeu. Os dois foram para o quarto. Gael perguntou se ela estava à vontade com ele, ela disse que sim.

Os dois deitaram na cama e se beijaram uma, duas, três, quatro vezes. O marido se afastou para a lateral. Larissa pediu para ele continuar.

Gael foi por cima de Larissa e começou abrir a blusa dela, ela o beijava sem parar. Jogaram a peça ao chão. A mulher abriu o *soutien* deixando o marido acariciar os seios e beijá-los. Larissa se arrepiou. A esposa abriu a calça do marido, desceu pelas pernas, também jogaram ao chão, junto com a roupa íntima. O homem já estava ereto.

Larissa viu aquilo e a vontade subiu. Ela já estava sem a calça. Gael a beijou profundamente e disse que se ela quisesse parar, não teria problema. Ela negou.

O marido pediu para ela se levantar porque gostaria de ir para a poltrona do quarto. Ela concordou, os dois se levantaram e Gael sentou, colocando Larissa por cima dele. Os movimentos eram ritmados e constantes, os gritos e gemidos da esposa também. Os dois estavam cada vez mais excitados, Gael beijava o pescoço de Larissa que a cada minuto ficava mais barulhenta.

De repente, ele parou e levou a esposa para a cama.

— Quero você na posição de gata — falou Gael.

Ela sorriu e se colocou na posição. Gael em pé, na frente de Larissa, puxando-a ele cravou, fazendo a esposa gritar mais e mais. Os movimentos eram rápidos e profundos. Ele disse que não estava aguentando.

Ele parou, virando e puxando a esposa para debaixo dele. Ele a olhou e penetrou, continuou, agora mais devagar. Ela não suportando mais aquela sensação, foi ao ápice, gritou e explodiu. Ele fez o mesmo, caindo sobre ela.

Os dois desfaleceram sorrindo, com preguiça e uma sensação deliciosa de dever cumprido. Ficaram cinco minutos sorrindo, se tocando e olhando um para o outro.

Foram para o banho, Gael esfregou, delicadamente, o sabonete pelo corpo de Larissa e ela fez o mesmo com ele. Enquanto se esfregavam, ele falou que depois da lembrança do encontro com Karina pôde perceber que ter conhecido Larissa não foi ao acaso, era para ser. E a esposa falecida sabia disso.

Gael carregou Larissa para a cama, quando olharam no relógio viram que já era hora de ir ao cinema e depois jantarem. O cinema e o jantar foram ótimos, os dois estavam em sintonia. Chegaram à casa e foram atacar a geladeira, havia um pote de sorvete.

Gael comentou:

— A senhorita não quis a sobremesa do restaurante e agora quer sorvete! Vai ter que dividir comigo! Amanhã compraremos mais para as crianças porque esse vai acabar.

Larissa concordou.

Ela pegou o pote no freezer, pegou duas colheres e foram para a sala. Sentaram e começaram a devorar o sorvete de chocolate. Depois foram dormir.

No outro dia, Marta ligou perguntando se estava tudo bem. A amiga disse que sim, estavam se entendendo. Marta ficou aliviada, não sabia se suas ideias iriam realmente ajudar.

A namorada de Gustavo também falou que o casamento

estava chegando e gostaria muito que Gael já estivesse livre da amnésia. Larissa concordou, gostaria muito que o marido se recuperasse logo.

Gael combinou com a esposa de ficar com as crianças e almoçarem no shopping, os quatro precisavam de diversão em família. Pegaram os filhos e foram para a área de recreação infantil. Melina estava radiante com a companhia dos pais. Leonardo estava cada dia mais alegre e falante.

Almoçaram *fast food,* afinal, era um dia atípico dedicado aos filhos. E nada mais justo que a comida fosse batata frita e hambúrguer, do jeitinho que toda criança gosta. De sobremesa, sorvete.

Também foram ao cinema e voltaram para casa com os filhos já adormecidos dentro do carro. Larissa disse que foi o dia mais alegre e cansativo que os filhos tiveram, desde o acidente.

A esposa achou ótimo, os dois estavam o tempo todo com carinha de felicidade. O pai das crianças estava muito grato pela mulher amar tanto os filhos dele.

Colocaram as crianças na cama e foram para o quarto. Gael abraçou e beijou a esposa, agradecendo pelo amor que ela tem pelos filhos, dizendo:

— Karina tem razão, você é a pessoa certa para ficar com a gente. Obrigado!

Larissa se derreteu e falou que as crianças eram os filhos que ela pediu a Deus. E a família que eles formavam era tudo que ela sempre quis.

Gael estava feliz com a mulher do supermercado.

CAPÍTULO 21 – O CASAMENTO DOS AMIGOS

Chegou o grande dia. Marta estava ansiosa e Larissa estava ao seu lado para acalmá-la. Todas as madrinhas estavam no salão, junto com a noiva, para o dia da beleza.

Larissa deixou um aviso para Gael dar banho nas crianças. A avó iria até elas para arrumá-las. Depois os filhos e o pai passariam no salão para pegar a esposa.

Quando Gael foi procurar Leo, o menino tinha sumido. Procurou pela casa toda e não encontrou. Foi até o quintal e Leo estava dentro da casa de brinquedos. O pai chamou e o menino apareceu, Gael foi pegar a criança no colo, mas antes de alcançar o menino, pisou em um brinquedo no chão, escorregou e caiu.

O arquiteto bateu a cabeça no piso e desmaiou. Leonardo viu o pai caindo e gritou. Chamou pelo pai, Gael não respondeu. O menino entrou e avisou a irmã. Melina chamou o pai e não obteve resposta. A menina pegou o telefone e ligou para a mãe. Não conseguiu falar. Ligou para a avó.

Dona Mirtes estava a caminho da casa deles e chegou rapidamente. Gael estava desacordado. Chamou a ambulância.

Antes de o resgate chegar, Gael acordou e perguntou de Larissa.

— Onde está minha esposa?

Dona Mirtes disse que ela estava no salão de beleza. Ele perguntou o motivo. Dona Mirtes entendeu que ele não se lembrava, achou que mais uma vez perdeu a memória. Ficou aterrorizada.

Gael se levantou, bebeu água e sentou-se na sala. E se lembrou do acidente na obra. Perguntou em que dia estavam. Melina disse que eles tinham que ir ao casamento do tio Gustavo. Gael não acreditou.

O genro de dona Mirtes confirmou a data com a sogra. Ele pensou mais um pouco e se lembrou de todo o tempo no hospital, do encontro com Karina e também do período que ficou com Larissa não se recordando dela. Lembrou-se do sexo com a esposa, com a briga e da insatisfação dela por ele querer intimidade sem amor.

A ambulância chegou, o médico fez alguns testes. Estava tudo bem. A sogra contou ao médico sobre a condição do genro, do acidente e da amnésia. Gael se comprometeu a ir ao hospital para novos exames, logo após o casamento. Sendo assim, foi liberado para ir às bodas.

Dona Mirtes deu banho nas crianças, o genro também foi se arrumar. Todos estavam correndo contra o tempo, Larissa aguardava a família.

Houve mudanças no plano e Gael pediu para dona Mirtes ir com as crianças porque ele precisava conversar com a esposa antes do casamento. Todos se encontrariam na fazenda.

No caminho para buscar Larissa, Gael se lembrou de toda a conversa com Karina, enquanto estava em coma. Percebeu que a primeira esposa gostava e confiava na dentista. Ele ficou emocionado com o encontro que teve com o seu grande amor e mãe dos seus filhos. Agradeceu Karina em voz alta e pediu para ela ser feliz onde estivesse, porque ele e os filhos fariam o mesmo, ao lado de Larissa. Passou na floricultura e comprou um buquê belíssimo de rosas vermelhas.

Larissa ligou e Gael estava saindo com as flores, era perto e ele chegou muito rápido. Desceu do carro com as rosas na mão e esperou cerca de dois minutos até a mulher aparecer.

Ela olhou para o marido, ele estava incrivelmente lindo e com um sorriso mágico nos lábios. Tinha algo diferente nele. Quando se aproximou, ele estava com as mãos para trás e nesse momento ele mostrou as flores e as entregou. Larissa surpreendeu-se, pegou as rosas e sorriu, sem perceber que o marido tinha recuperado a consciência.

Gael a agarrou pela cintura e a beijou apaixonadamente. Depois disse:

— Meu amor, sou eu, seu marido. A partir de agora, só faremos sexo com muito amor envolvido — Abraçando-a forte.

Larissa, percebendo que o seu Gael estava ali, retribuiu o abraço, beijando-o várias vezes.

— Eu não acredito! Você se lembrou da nossa vida, estou muito feliz.

Gael beijou a esposa novamente e disse em alto e bom tom:

— Eu te amo, quero você na nossa vida para sempre. Você é a mãe dos nossos filhos e a mulher com quem eu vou passar o resto da minha vida. Nós te amamos!

— Também amo você!

Seguiram para a fazenda e durante o percurso ele contou o que tinha acontecido. Ela ficou preocupada, mas ele afirmou que o médico concordou e que ele vai, depois da comemoração do casamento, fazer todos os exames necessários.

O casamento aconteceu na fazenda. O local estava belíssimo. Os noivos estavam muito felizes. As crianças foram perfeitas como damas de honra e pajem.

Depois da cerimônia, a comemoração começou e os noivos

foram conversar com todos. Quando Marta e Gustavo se aproximaram de Larissa e Gael, o noivo bateu o olho em cima do amigo e percebeu que o arquiteto estava diferente.

Gael perguntou se os noivos não estavam reconhecendo o marido de Lala. Os noivos olharam, abriram um sorriso enorme e foram abraçá-lo.

Larissa ficou muito contente e todos ficaram muito felizes pela novidade.

Gustavo falou:

— Que notícia maravilhosa, quase que eu e Marta acabamos a amizade com aquele outro Gael, ele não sabia tratar a esposa como deveria.

Gael se desculpou com os noivos, com todos os familiares de Karina, com dona Ângela, com a família de Gustavo e todos os envolvidos que se encontravam ali. Disse que, com tudo o que passou, agora tem certeza que ele nunca mais vai se separar de Larissa. Ela é o amor da vida dele e das crianças. Todos ficaram muito felizes com a notícia.

A festa foi ótima. A comida, a bebida, a música, as pessoas, tudo estava excelente. Foi uma noite muito agradável e inesquecível para Larissa.

No fim da noite, Larissa e Marta se despediram e conversaram um pouco antes de Marta viajar.

Marta falou:

— O aplicativo funcionou. Veja eu aqui casada e você, além de uma mulher casada, é mãe.

Larissa sorriu e disse:

— Verdade. Procura-se uma mãe para meus filhos... Essa frase foi certeira. Ganhei dois filhos que não nasceram de mim. Sou imensamente agradecida por esse privilégio, além de conhecer a tão sonhada paz de espírito.

As duas concordaram que só tinham a agradecer. Abraçaram-se e Marta saiu para a tão sonhada lua de mel.

Enquanto Larissa ficou ali, em silêncio agradecendo pela vida que agora tinha, ouviu as crianças chamando. Virou para trás e viu os filhos chegando e gritando:

— Mamãe, mamãe! Vamos embora, a festa acabou.

Larissa, totalmente em êxtase de tanta felicidade, respondeu:

— Claro, vamos para casa.

Ao mesmo tempo Gael chegou, abraçou e beijou a esposa, dizendo:

— Vamos, meu amor, vamos para nossa casa.

E a família seguiu para a casa.

Fim.

SOBRE O AUTOR

Sou Adriana, brasileira, profissional da área da saúde. Quando criança, algumas vezes pensei em ser escritora colocando palavras no papel. Mas logo desisti por não saber que eu poderia fazer histórias para serem lidas e apreciadas. Agora, depois de muito tempo, tive o desejo e a coragem de mostrar ao mundo toda minha imaginação. É extremamente gratificante quando nos descobrimos capazes de fazer quaisquer coisas que antes avaliávamos como inimagináveis. É a primeira vez que pego em minhas mãos um livro meu, tenho certeza que esse é só o primeiro de muitos. Tenho muitas histórias para contar e mostrar ao mundo.